राहुल सांकृत्यायन

HB ISBN: 978-93-56826-82-3

ISBN: 978-93-56829-75-6

eISBN: 978-93-56827-98-1

© प्रकाशकाधीन

प्रकाशक: प्रभाकर प्रकाशन

प्लॉट नं.–55, मेन मदर डेयरी रोड

पांडव नगर, ईस्ट दिल्ली-110092

फोन: 011–40395855

व्हाट्स ऐप: +91 9319228272

ई-मेल: sales@pharosbooks.in

वेबसाइट: www.prabhakarprakashan.com

प्रथम संस्करण: 2024

मुद्रक: सुषमा बुक बाइंडिंग हाउस ओखला इंडस्ट्रियल एरिया फेस-॥, नई दिल्ली-110020

साम्यवाद ही क्यों?
राहुल सांकृत्यायन

समर्पण

जिसने अपने विशाल राज्य में
तीन बार धन का समवितरण कर
साम्यवाद का क्रियात्मक प्रयोग किया,
और इसी कारण जिसे माता ने विष दियाः
उसी के नगर में लिखा यह ग्रन्थ
उसी साम्यवाद के पुराने शहीद
मुनि-चन्-पो (८४५-४६)
की स्मृति में समर्पित।

द्वितीय संस्करण की भूमिका

"साम्यवाद ही क्यों" १९३४ में लिखा गया था। उस वक्त हिन्दी में ऐसी पुस्तक का बिलकुल अभाव था। इस छोटी-सी पुस्तक को लोगों ने पसन्द किया, यह देखकर लेखक को अपने प्रयत्न की सफलता से प्रसन्नता होनी ही ठहरी। मैंने इस संस्करण में पुस्तक में जहाँ-तहाँ संशोधन कर दिये हैं। पाठक पुस्तक के कलेवर को घटाने नहीं कुछ और बढ़ाने की इच्छा रखते होंगे, और वैसे होता तो मैं ऐसा करता भी, मगर अब उसकी जरूरत नहीं; क्योंकि साम्यवाद के बारे में सविस्तार जानने वालों के लिए मैं अलग पुस्तक लिख चुका हूँ। आधुनिक साइंस कैसे साम्यवादी दृष्टिकोण का समर्थन करता है, इसके लिए आप "विश्व की रूपरेखा" पढ़िये। समाज का विकास होते-होते वहाँ एक मंजिल पर साम्यवाद क्यों आ गया, इसके लिए "मानव-समाज" मौजूद है। साम्यवादी दर्शन के लिए "वैज्ञानिक भौतिकवाद" और पूरब पश्चिम के सभी दर्शनों की साम्यवादी गवेषणा के लिए "दर्शन-दिग्दर्शन" लिख चुका हूँ। इतिहास को चलते-चलते साम्यवाद के दरवाजे पर कैसे पहुँचना पड़ा। इसे यदि कहानियों के रूप में पढ़ना चाहते हैं, तो "वोल्गा से गंगा" तैयार है। इनके अतिरिक्त साम्यवाद के महान् आचार्यों मार्क्स, एन्गेल्स, लेनिन, स्तालिन् के कितने ही ग्रन्थों के हिन्दी अनुवाद भी मैं कर चुका हूँ। इसी ख़याल से मैंने इसको छोटा ही रहने दिया। जो दो-तीन घन्टे में साम्यवाद को समझना चाहते हैं, उनके लिये यह प्रवेशिका है, जो ज्यादा समय देना चाहते हैं,–और अपने, अपनी भावी सन्तानों तथा मानवता के कल्याण के लिए वैसा अवश्य करना चाहिये–उनके लिए दूसरे ग्रन्थ मौजूद हैं।

राहुल सांकृत्यायन

पहले संस्करण की भूमिका से

यह पुस्तक ऐसे ही लोगों के लिए लिखी गई है, जिन्हें अँग्रेजी या दूसरी भाषाओं में इस विषय के सुन्दर ग्रन्थों के पढ़ने का अवसर नहीं है; या जो लेखक की तरह स्वयम्भू पंडित है। "बाईसवीं सदी" को लिखते वक्त तक लेखक अर्थशास्त्र और साम्यवाद दोनों के ज्ञान से बिलकुल कोरा था। इस पुस्तक के लिखते वक्त कम से कम साम्यवाद के बारे में वैसा तो नहीं कहा जा सकता, तो भी उसका ज्ञान इस विषय का बहुत हलका है। ग्रन्थ, विशेष कर, अपने हृदय की उठती शंकाओं के समाधान की दृष्टि से लिखा गया है। आधुनिक सभ्यता और उसके साधनों से सुदूर ल्हासा नगर में लिखने के कारण लेखक को आवश्यक ग्रन्थों से कुछ भी सहायता लेने का अवसर नहीं मिला। एक प्रकार से इसे कलम-कागज, स्याही और दिमाग के सहारे ही लिखा गया है; फिर ऐसे काम में त्रुटि न रहे तो यह बड़े आश्चर्य की बात होगी। लेखक के एक मित्र ने बात चलते वक्त कहा था–"साम्यवाद ही क्यों" अच्छा होगा, किन्तु आपको "साम्यवाद कैसे होगा" इस पर भी लिखना चाहिये। लेखक के असमर्थता जाहिर करने पर, उन्होंने असन्तोष प्रकट किया। मैंने उस पर कई बार सोचा, किन्तु मैं अपने को उसके लिए बिलकुल अयोग्य और ना-तैयार समझता हूँ।

राहुल सांकृत्यायन

अनुक्रम

मनुष्य की उत्पत्ति और विकास

सा म्यवाद मनुष्य के विकास की एक अवस्था की उपज है, इसलिए उसके मंतव्यों को अच्छी तरह समझने के लिए हमें मनुष्य की उत्पत्ति और विकास कैसे हुआ, इस विषय में वैज्ञानिकों का मत जान लेना बहुत जरूरी है। चूँकि यह पुस्तक भारत की परिस्थिति पर खास तौर से ध्यान रखकर लिखी गई है, इसलिए मनुष्य के विकास को लिखते समय यहाँ भारत पर ध्यान रक्खा गया है।

विज्ञानविद् ज्योषियों का मत है कि अरबों वर्ष पूर्व, अपने ग्रह-उपग्रहों सहित सूर्य का एक ही पिण्ड था। उस वक्त सूर्य और भी अधिक गर्म था। पृथिवी तथा जंगल आदि ग्रहों की उपादान सामग्री भी भाप के रूप में होने से सूर्य-पिण्ड उस समय बहुत दूर तक फैला हुआ था। यद्यपि उस समय सूर्य आज से बहुत अधिक बड़ा था, तथापि इसके कारण सारा आकाश आच्छादित नहीं था। रात को दिखाई पड़ने वाले अगणित तारों में भी करोड़ों तारे, उस समय के सूर्य के बराबर हैं, किन्तु क्या उनसे आकाश आच्छादित हो गया है? यह तारे तो आकाश में वैसे ही हैं, जैसे विशाल समुद्र में तैरता अकेला जहाज? सूर्य के पास वाले भाग के अतिरिक्त उस समय भी आज की तरह सारा आकाश अत्यन्त शीतल था। किसी समय आकाश के किसी दूर वाले भाग से एक विशाल तारा सूर्य की ओर अग्रसर होने लगा। जैसे-जैसे वह सूर्य के अधिक समीप होता गया, वैसे-वैसे सूर्य के वाष्प-समुद्र में ज्वार-भाटा उठने लगा। समीपतम स्थान पर पहुँचने के समय यह ज्वार-भाटा सूर्य की करोड़ों मील लंबी सिगार-जैसी पूँछ बन गया। जब वह तारा सूर्य से दूर जाने लगा, तब जिस प्रकार ज्वार के वेग में कितना ही फेन समुद्र से बाहर फिंक जाता है, वैसे ही वाष्पमय सूर्य का यह अंश अपने

प्रधान पिण्ड से अलग फिंक गया, या फेंका हुआ भाग कई खंडों में अब सूर्य-पिण्ड के चारों ओर घूमने लगा। यही सोर-मण्डल के ग्रह हुए। दो अरब वर्ष पूर्व उक्त प्रकार से ही पृथिवी सूर्य-पिण्ड से अलग हुई। वैसे ही किसी आकाशीय तारा के कारण पृथिवी का एक भाग अलग होकर चन्द्रमा के रूप में परिणत हो गया।

पृथिवी-पिण्ड की उष्णता निकल-निकल कर अब अपने चारों ओर के शीतल आकाश में फैलने लगी। फिर ऊपरी भाग पर पपड़ी (पर्पटी) पड़ने लगी जिसकी चारों ओर उष्णता से बने वायु-मण्डल और मेघ-मण्डल मँडराने लगे। कभी-कभी वर्षा भी होती थी, किन्तु उस तप्त पपड़ी पर वह छन से ही विलीन हो जाती थी। बीच-बीच में पृथिवी थर्रा उठती और पपड़ी टूट-फूट कर ऊँची-नीची भूमि या खड्ड तैयार करती थी। जब पृथिवी का तापमान कुछ कम हुआ, तब वर्षा का जल उन खड्डों में ठहरने लगा। यही आदिकालीन समुद्र हुआ जो खारा न था। यह पपड़ी वाले पत्थर ही आज स्फटिक आदि की स्तररहित चट्टानें हैं। पीछे (किन्तु जीवकल्प से पूर्व ही) आस-पास के नंगे पहाड़ों से घुलकर जो तह-पर-तह कीचड़ जमने लगी, वही आजकल का अजीव सस्तर पाषाण है। प्रथम समुद्र का जल बहुत गर्म था। जब लाखों वर्ष बाद पृथिवी का ऊपरी भाग कुछ और ठण्डा हो गया और समुद्र का तापमान घटा, तब पहिले पहिल उसमें केंचुए जैसे अस्थिरहित जीव पैदा होने लगे। जीव का विशेष गुण है भीतर से वृद्धि तथा प्रसव।

भूगर्भशास्त्री पृथिवी पर जीव की उत्पत्ति हुए 30 करोड़ वर्ष मानते हैं जिसे जीवकल्प कहा जाता है और इससे पहले के समय को अजीवकल्प (Azoic) धीरे-धीरे तापमान भी कम होने लगा। मृत जीवों तथा घुलकर आये कीचड़ के सम्मिश्रण से अब और अधिक विकसित जीवों का खाद्य तैयार होने लगा जिससे केकड़ा आदि की तरह के जन्तुओं तथा निम्न श्रेणी की वनस्पतियों की सृष्टि हुई। जब हम इस 30 करोड़ वर्ष पूर्व आरम्भ हुए पुराण-जीवकल्प से चलकर २० करोड़ वर्ष पूर्व आरम्भ हुए मध्य जीवकल्प में आते हैं, तब पृथिवी पर गोह और मगर की जाति के विकराल सरीसृप दिखाई पड़ते हैं। पृथिवी के गर्भ में सौ-सौ फीट लम्बी इनकी पथराई हड्डियाँ मिली हैं। उसी समय पृथिवी के दलदल में करील—जैसे पत्ते-रहित विशाल वृक्ष पैदा हुए जिनको ही आज हम पत्थर के कोयले के रूप में पाते हैं।

सरीसृपों के काल के अन्त में पृथिवी की जलवायु में कुछ इस प्रकार का भयंकर परिवर्तन हुआ कि उनकी अधिकांश जातियाँ नष्ट हो गईं। लेकिन उस समय वृक्ष समुद्र के पासवाली शुष्क भूमि में भी पैदा होने लगे थे। उधर जल, स्थल दोनों में निवास करने वाले प्राणियों से एक ओर लोमधारी, स्तनधारी जन्तु और दूसरी ओर पक्षी उत्पन्न होने लगे थे।

वनस्पतियों में विकास होते-होते जैसे-जैसे भूमि के नीचे से जल ग्रहण कर हरे-भरे रहने वाले वृक्ष जल के तट से दूर तक फैलते जा रहे थे और जैसे-जैसे प्राणियों के शरीर पर शीत उष्ण के सहने के लिए विशेष लोम, पंख आदि निकलते जा रहे थे, वैसे ही वैसे भूचालों द्वारा समुद्र के गर्भ की सतह ऊपर उठ आई। मृत्तिका से युक्त भूमि पर वह जल से दूर-दूर फैलते गये।

वैज्ञानिकों का कहना है कि इन्हीं लोमधारी, सस्तन प्राणियों में से कुछ अपने शत्रुओं से बचने के लिए वृक्षों पर चढ़ने का यत्न करने लगे। सैकड़ों पीढ़ियों के निरन्तर इच्छा और अभ्यास से उनके हाथ-पैर वृक्षों पर बढ़ने के उपयोगी हो गये। इस प्रकार वृक्षारोहण में पटु वानरों की सृष्टि हुई।

अब हम सरीसृपों के युग से नवजीवन-कल्प में होते नवजीव के उषा (Eocene) युग में प्रवेश कर चुके। अल्प नवजीव उषा के समय भारत में विन्ध्याचल से दक्षिण वाला भाग ही समुद्रतल के बाहर था। हिमालय, तिब्बत और सारा भारत उस समय समुद्र के गर्भ में निमग्न था। मध्य नवजीव उषा (Miocene) युग में प्रचण्ड भूचालों का ताँता बँध गया जिसके फलस्वरूप हिमालय पृथिवी के गर्भ से ऊपर उठ आया। समुद्र-गर्भ से निकलने के कारण हिमालय की ऊँची चोटियों तक पर आजकल सामुद्रिक जन्तुओं की पथराई हड्डियाँ मिलती हैं।

भूचाल ने सीधी तौर से भूमि को नीचे से ऊपर नहीं उठाया था, इसीलिए अजीवकल्प से समुद्र के गर्भ में तह-पर-तह जमी मिट्टी सीधे एक के ऊपर एक न होकर आड़े बेड़े हो गई। यह कारण है जो हम पहाड़ों में पत्थरों की तहों को अस्त-व्यस्त पाते हैं। हिमालय से वर्षा का जल अब समुद्र की ओर बहने लगा। यह जलमार्ग या नदियाँ अपने साथ अपार मृत्तिकाराशि को समुद्र में पाटती रहीं। उधर इतस्ततः होने वाले भूचालों ने भी समुद्र की स्थिति पर प्रभाव डाला। इस प्रकार गंगा

आदि नदियों ने लाखों वर्षों के परिश्रम के बाद उत्तर भारत के मैदान को समुद्र के जल से बाहर निकाला।

जिस समय उत्तरी भारत का मैदान बन रहा था, उसी समय हिमालय के निम्न भाग सिवालिक (सपादलक्ष) में नाना जन्तुओं की वृद्धि हो रही थी। इसमें गोरीला आदि कितने ही आजकल वहाँ न मिलने वाले प्राणी भी थे जिनकी कि पथराई हड्डियाँ (Fossils) आज भी वहाँ मिलती हैं। नवजीवोषा युग के इस भाग को, प्राणियों की अधिकता के कारण, बहुनवजीवोषा कहते हैं जो कि प्रायः तीस लाख वर्ष पूर्व आरम्भ हुआ था। इसके अन्तिम भाग या आज से ४-५ लाख वर्ष पूर्व सिवालिक में ऐसे वनमानुष थे जिनकी हड्डियों से पता लगता है कि वह मानवता की ओर अग्रसर हो रहे थे। तीन-चार लाख वर्ष पूर्व, अतिशय नवजीवोषा युग में हिमालय का नीचे वाला भाँगर प्रदेश बन रहा था। उसमें मिली पथराई अस्थियों से पता लगता है कि वहाँ कितने ही इस प्रकार के घोड़े, गाय, गैंडे, दरियाई घोड़े आदि रहते थे जिनकी जातियाँ वहाँ अब लुप्त हो गई हैं। इसी समय सिवालिक में मनुष्य और वनमानुष के बीच की स्थिति के प्राणी रहते थे। वह वही समय था जिस समय की जावर का नर-वान (Pithe-canthropus erectus) निवास करता था।

दो लाख चालीस हजार वर्ष पूर्व पृथिवी पर एक भयंकर हिमप्रलय उपस्थित हुआ। इसके कारण के लिए वैज्ञानिक कई अनुमान लगाते हैं। कोई कहते हैं, इसी समय सौरमण्डल से बाहर का कोई तारा पृथिवी के समीप से होकर गुजरा जिसके कारण पृथिवी की भ्रमणधुरी तिरछी हो गई जिससे ऋतुओं में फर्क पड़ गया (अथवा सौरजगत् ही घूमते-घूमते आकाश के किसी अत्यधिक शीतल प्रदेश में पहुँच गया)। जल में यह विशेषता है कि जहाँ अन्य वस्तुएँ सर्दी की अधिकता के कारण सिकुड़ने लगती हैं, वहाँ जल अतिशय सर्दी के कारण जमता जरूर है, किन्तु उससे वह सिकुड़ने की जगह फैलने लगता है। यदि आज पृथिवी के सारे समुद्र जम जायँ, तो उनका जल बर्फ बनकर, स्थल भाग पर भी सब जगह सैकड़ों हाथ मोटी बर्फ होकर फैल जाय। उस समय पृथिवी की भ्रमण-धुरी के तिरछी हो जाने से सर्दी की अधिकता हो गई और उत्तरी गोलार्द्ध में जहाँ उत्तरी ध्रुव से बढ़ती बर्फ की टोपी के कारण समस्त उत्तरी यूरोप और उत्तरी अमेरिका में न्यूयार्क तक का भाग बारहों मास के लिए हिम से ढक

गया, वहाँ दक्षिणी गोलार्द्ध में टस्मानिया, न्यूजीलैण्ड आदि की भी वही दशा हुई। भारत में हिमालय की हिमानियाँ (ग्लेसियर) जो आज दस हजार फीट से नीचे कहीं नहीं हैं—पोठवार (कश्मीर) में दो हजार फीट (समुद्रतल से ऊपर) तक चली आई। उस समय कलकत्ते में लन्दन जैसी सर्दी पड़ने लगी थी। कारण कुछ भी हो, इस हिमयुग ने सारे भूमण्डल पर अपनी अचल छाप छोड़ी है।

प्रथम हिमयुग हजारों वर्षों तक रहा। फिर दूसरा हिमयुग आया; एक लाख वर्ष पूर्व तीसरा हिमयुग और पचास हजार वर्ष पूर्व चौथा हिमयुग। इन हिमयुगों ने पृथिवी के प्राणि जगत् में घोर उथल-पुथल उत्पन्न की जिसके कारण कई प्राणि जातियाँ पृथिवीतल से सदा के लिए विलुप्त हो गई। उनमें जिन्होंने आत्म-रक्षा के लिए शरीर और मन का पूरा उपयोग किया, वे साधन-सम्पन्न बनकर अपने अस्तित्व को कायम रखने में सफल हुई। कोई एक लाख वर्ष पूर्व, अन्तिम हिमयुग से बहुत पूर्व यूरोप में एक प्रकार की मनुष्य जाति का पता लगता है जिसे हाइडेल-वर्गीय मनुष्य कहते हैं। वैसे गोरीला और बबूल भी डंडे या पत्थर फेंक कर मारते देखे जाते हैं, किन्तु हाइडेल-वर्गीय मनुष्य तो तोड़-फोड़कर तेज बनाये ऊबड़-खाबड़ पत्थर के हथियारों का प्रयोग किया करता था। पचास हजार वर्ष पूर्व, चतुर्थ हिमयुग के समय, यूरोप में नेअंडर्थल मनुष्य-जाति का पता लगता है। सर्दी की अधिकता के कारण इसे पहाड़ों की प्राकृतिक गुफाओं में शरण लेनी पड़ती थी। यह पत्थर और लकड़ी के हथियारों का प्रयोग करता था। सर्दी से बचने के लिए जहाँ वह आग का प्रयोग जान गया था, वहाँ मारे हुए जानवरों की खालों से भी अपने शरीर को ढँकता था। उसके शरीर की बनावट से मालूम होता है कि अभी वह वाणों का प्रयोग करना बिलकुल ही नहीं, अथवा अत्यल्प जानता था। अभी उसके मन में धर्म, देवता आदि की कल्पना नहीं हुई थी।

जिस समय यूरोप में नेअंडर्थल मनुष्य गुफाओं में निवास करता था, उसी समय दक्षिणी भारत के कड़पा, गुंतर, कर्नूल आदि की गुफाओं में भी मनुष्य वास करता था। दोनों की स्थिति में फर्क यह था कि जब चतुर्थ हिमयुग के कारण यूरोप में असह्य सरदी पड़ रही थी, तब दक्षिण भारत की सर्दी सह्य थी। चालीस हजार वर्ष पूर्व से २५ हजार वर्ष पूर्व तक धीरे-धीरे यूरोप से हिम की कठोरता जाती रही, भारत में भी परिवर्तन उसी के अनुसार हुआ।

पचीस हजार वर्ष पूर्व यूरोप के स्पेन आदि देशों में मनुष्यों की एक जाति बसती थी जिसे क्रोमेग्नन् (Cromagnan) कहते हैं। नेअंडर्थल मनुष्य उस समय भी मौजूद था, तो भी दोनों का रक्त-संमिश्रण न होना शायद नेअंडर्थल की कुरूपता और वीभत्सता के कारण हो। क्रोमेग्नन् मनुष्य शिकारी था। एक प्रकार से छोटे घोड़े उसके प्रधान खाद्य थे जिनके कि लाखों कंकाल सोलुत्र आदि स्थानों में मिले हैं। स्पेन की गुफाओं में इनके बनाये अनेक चित्र भी हैं। ये चित्र बहुत ही अँधेरी जगह में हैं जिससे पता लगता है कि ये दीपक का भी प्रयोग करना जान गये थे। वह मुर्दे को दबाया करते थे; मिट्टी के खिलौने बना लेते थे, किन्तु उन्हें बर्तन बनाने का ज्ञान न था। इससे अनुमान होता है कि अभी मांस आदि को पकाकर वे खाना नहीं जानते थे। जिस समय क्रोमेग्नन् जाति दक्षिण-पश्चिमीय यूरोप में वास करती थी, उसी समय रायपुर जिले के सिंगनपुर तथा दूसरे प्रदेशों में भी आदमी निवास करते थे। इन्होंने भी अपनी गुफाओं में अनेक चित्र और छिले पाषाणों के हथियार छोड़े हैं। दोनों के चित्र में सिर्फ जंगली जानवरों तथा शिकार के दृश्य ही मिलते हैं जिससे मालूम होता है कि अभी इन्हें देवता और धर्म की कल्पना नहीं हुई थी। शायद अभी वे भाषा को विकसित न कर सके थे। भाषा के बिना परम्परा और पुरानी कथाओं को एक पीढ़ी से दूसरी पीढ़ी में कैसे पहुँचाया जा सकता है? परम्परा और कथाएँ ही तो देवताओं और धर्म की सृष्टि करती हैं।

बारह हजार वर्ष पूर्व मनुष्यों में एक नई प्रगति दिखाई पडती है। अब मनुष्य छिले पत्थरों के हथियार के स्थान पर, घिसकर चिकने किये पत्थर के हथियारों का प्रयोग करता था। इसी कारण इस युग को नवपाषाणयुग (Neolithic Age) कहते हैं। इस युग के साथ भूरे रंग की इबेरियन जाति (द्रविड़ जाति, इसी की एक शाखा कही जाती है) इस युग में अगुवा है। इस जाति का मूल स्थान भूमध्यसागर की पार्श्ववर्ती भूमि थी। चतुर्थ हिमयुग से पूर्व यह प्रदेश बहुत ही हरा-भरा था। भूमध्यवासी भूरी जाति तब तक अपनी भाषा को किसी हद तक विकसित कर चुकी थी। आगे चलकर उसकी सन्तान उत्तर, दक्षिण और पूर्व की ओर फैलने लगी। इस जाति ने यूरोप में जाकर क्रोमेग्नन् का स्थान ग्रहण किया। सुमेरियन, सिन्धु-उपत्यका (मोहन-जोदड़ो) के निवासी तथा प्राचीन मिस्री भी सम्भवतः इन्हीं की सन्तान थे। चिकने पाषाण के अस्त्रों के अतिरिक्त

इसने धनुष-वाण का भी आविष्कार किया। पहले जब (ई०पू० ४००० से पूर्व) धातु का पता लगा था, तब चकमक पत्थर को रगड़ कर तेज किये टुकड़े ही वाण के फर के स्थान पर प्रयुक्त किये जाते थे। शिकार में लगातार पहुँच जाने वाले कुत्तों का इसने पहले पहल पालतू जानवर बनाया। पीछे गाय, भेड़ आदि को भी पालतू किया। जानवरों के खाने के लिए घास काट जहाँ रख दी जाती थी, वहाँ भूमि के सरस होने पर, उन्होंने लम्बी-लम्बी घासों को उगते देखा। इस प्रकार पहले चारे के लिए ही कृषि का आरम्भ हुआ। पीछे अनाज की उपयोगिता ज्ञात हो जाने पर उसकी खेती भी आरम्भ हुई। खेती के फन्दे में पड़ने के साथ-साथ मनुष्य वन-वन विहरने वाला स्वच्छन्द प्राणी न रहा, खूँटे पर बँधे पशु की तरह एक जगह बस गया। अब पशुपालन कृषक जीवन का एक गौण अंग रह गया। अपने शत्रुओं (कृषकों और पशुपालकों, दोनों) से रक्षा पाने के लिए वह ग्राम (झुंड) बना कर रहने लगा। शत्रु की संख्या की वृद्धि के साथ जहाँ अपनी संख्या बढ़ा कर वह नगर बसाने लगा, वहाँ पारस्परिक लड़ाइयों में वीर और अधिक समझदार नेताओं का प्रभाव बढ़ते-बढ़ते राजा का पद कायम हुआ। सूसा (ईरान) के ध्वंसावशेष के प्राचीनतम स्तर में इसी शिकारी कृषक जीवन का चिह्न मिला है। अब तक के निकले ध्वंसावशेषों को देखकर विद्वानों का कहना है कि पहला ग्राम मेसोपोटामिया में बसा था और उसी समय वहीं कृषि का भी आरम्भ हुआ था। वह समय ई० पू० ५ हजार के करीब होगा।

बहुत पुराने समय में जब अभी उत्तरी भारत और हिमालय समुद्र के गर्भ में थे, दक्षिणी भारत अफ़रीका और लंका के आगे तक फैले हुए महाद्वीप का एक भाग था। इस बात का प्रमाण उनके पाषाणों और पुराने जीवधारियों की पथराई अस्थियों की समानता से मिलता है। चतुर्थ हिमयुग के बाद जिन मनुष्य-जातियों का हम भारत में निवास पाते हैं, उनमें सबसे पुरानी दो जातियाँ हैं–एक हब्शी जैसी (Nigroid), दूसरी प्राग्द्राविड़ीय (वेद्दा, मुण्डा आदि)। आदि चन्नल्लूर (मद्रास) में मिली खोपड़ी की कपाल-संस्थितियाँ (Cephalic indices) वेद्दा लोगों जैसी हैं। चित्रों के सादृश्य आदि के देखने से सिंगनपुर (जिला रायपुर) के चित्रकार भी मुण्डा आदि जातियों से सम्बन्ध रखते मालूम होते हैं। नवपाषाण काल (५००० ई० पू० से पहले) में यही दो जातियों भारत में बसी मालूम होती हैं। मालूम होता है, नवपाषाण युग में भूमध्यदेशीय

भूरी जाति का[1] स्पेन, मिस्र, मेसोपोटामिया, ईरान और भारत से चीन तक दौर-दौरा था। चिकने पाषाण के हथियारों के अतिरिक्त इसी जाति द्वारा सूर्य-नाग-पूजा तथा

स्वस्तिक चिह्न का चारों ओर प्रचार हुआ था। पाँच हजार वर्ष पूर्व यही जाति सिन्धु उपत्यका के मोहन्-जोदड़ो तथा हड़प्पा जैसे नगरों में रहा करती थी। विद्वानों का कहना है कि यही वह असुर-जाति थी जिससे २००० ई० पू० भारत पर हमला करने वाले आर्यों का संघर्ष हुआ और आजकल की द्रविड़ तथा उत्तर भारत भर की आदि जातियाँ उसी की सन्तानें हैं।

मालूम होता है, भूमध्य-देशीय भूरी-जाति बहुत अधिक संख्या में भारत में नहीं आई थी; इसलिए उस पर भील, मुण्डा और हब्शी रंग की छाप पड़ गई। तभी तो असुर-जाति को सुचतुर नागरिक मानते हुए भी आगन्तुक आर्यों ने "चिपिटनास तथा कृष्णकाय" कहा। इस जाति के सभ्य होने का पता तो इससे भी लगता है जो उसने छोटानागपुर के प्राग्द्राविड़ीय ओरावों को उनकी भाषा के स्थान पर अपनी भाषा बोलने को बाध्य किया; जैसे कि पीछे प्राग्द्राविड़ीय भीलों एवं द्रविड़ भरों को आर्यों ने आर्य भाषाभाषी बनाकर किया। पाँच हजार वर्ष पूर्व द्रविड़ सभ्यता कहाँ तक उन्नत थी, यह मोहन जोदड़ो और हड़प्पा की खुदाइयों से मालूम होता है। जिस समय दक्षिणी यूरोप में बास्क लोगों के पूर्वज, सिन्धुतट पर असुर, क्रेट में वहाँ के सभ्य निवासी, मिस्र में प्राचीन मिस्री, मेसोपोटामिया में सुमेरीय लोग निवास करते थे और अन्तिम चार जातियाँ उस समय की दुनिया में सबसे अधिक सभ्य जातियाँ थीं, उसी समय मध्य एशिया से काले सागर के उत्तरी तट तक शिकार और पशुचारण करती एक जाति निवास करती थी जिसे ऐतिहासिक लोग हिन्दी-यूरोपीय[2] नाम से पुकारते हैं। यूरोपवासी अमेरिका, अफरीका और आस्ट्रेलिया आदि की गोरी जातियाँ, ईरानी, अफगान तथा उत्तरी भारत के निवासी इन्हीं की सन्तानें हैं। इस जाति की उत्पत्ति

---

1. इस भूरी जाति में सेमेटिक (प्राचीन असीरियन, फिनीशियन तथा आधुनिक यहूदी और अरब), हेमेटिक (प्राचीन मिस्री और उनके वंशज आधुनिक कुब्त), ईथियोपियन, प्राचीन क्रेत, यूरोप के बास्क, सिन्धु-उपत्यका के निवासी एवं आधुनिक द्रविड़ है।

2. इनके आदिम निवास के पूर्व मंगोल जाति का आदि निवास था जिसकी सन्तानें तिब्बत, मंगोलिया, चीन, कोरिया, जापान आदि के लोग हैं।

कैसे हुई, इसमें कई मत हैं। धार्मिक लोग मानते हैं कि प्राचीन गोरी, भूरी (सुमेरीय, द्रविड़ आदि), पीली (मंगोल), काली (हब्शी) और दाक्षिणात्य (वेदा, मुण्डा आदि), सभी जातियों एक ही मनुष्य जोड़े की सन्तानें हैं; और लाखों वर्षों तक भिन्न-भिन्न जलवायुओं एवं भिन्न परिस्थितियों में रहने के कारण उनमें इतना फर्क हो गया। उनके मत से मनुष्य-सृष्टि पृथिवी के एक स्थान पर हुई थी, किन्तु आधुनिक गवेषक चारों-पाँचों मनुष्य जातियों के मूल पुरुषों को अलग-अलग मानते हैं।

पाँच हजार वर्ष पूर्व यह जाति किस अवस्था में थी, इसका कुछ पता हमें भारतीय आर्यों के पुरातन ग्रन्थ वेद, ईरानी आर्यों के पुरातन ग्रन्थ अवस्ता और सभी हिन्दी यूरोपियों के समान कथानकों में मिलता है। गायों, भेड़ों के अतिरिक्त ये लोग घोड़ों को भी पाला करते थे। घोड़ों का पालन यह प्रथम सवारी के लिये न करके खाने, फिर दही दूध के लिये करते थे, दक्षिण-पूर्वी रूस के लोग आज भी अधिकतर कूमिस् के लिये उन्हें पालते हैं। सहस्राब्दियों तक चरवाहों का जीवन बिताकर ई० पू० २५०० में इनका एक दल पामीर से आसपास के प्रदेश में आ गया।[1] दूसरे दल का कुछ भाग पामीर से उत्तर-पश्चिम के प्रदेश में (जहाँ कि पुराने तुखारी आर्य बसते थे) आ गया और कुछ रूस से पश्चिम की ओर बढ़ गया। संख्या-वृद्धि के साथ उन्हें नये चरागाहों की खोज में और भी आगे बढ़ना पड़ा। पामीर के पास रहते हुए, मालूम होता है, आर्यों में फूट पड़ कर उनके दो दल हो गये थे। एक की सन्तान हिन्दी आर्य थी और दूसरे की ईरानी आर्य। ई० पू० २००० के करीब हिन्दी आर्यों की एक शाखा मेसोपोटामिया पहुँची और वहाँ सभ्य सुमेरीय जाति को परास्त कर उसने अपना अधिकार जमाया। यह मित्तन्नी (आर्य) जाति– जिसने सभ्य दुनिया में सर्वप्रथम घोड़े का प्रवेश कराया–के देवता हिन्दी आर्यों जैसे थे, यह मित्तन्नी (Mittanni) राजा मत्तिउअजा और सामीय जाति के हित्ताइत (Hittite) राजा सुन्विलुलिउमा के बोगज्कोई (Boghazkui, मेसोपोटामिया) से प्राप्त अभिलेख से मालूम होता है जिसमें कि पिछले ईरानियों के असम्मत इन्द्र आदि वैदिक देवताओं का नाम सम्मानपूर्वक आया है।

---

1. इसके बारे में ज्यादा जानने के लिए पढ़िए मेरी 'मानव समाज' और 'वोल्गा से गंगा', पृष्ठ ३३-९८.

भारतीय आर्य जब सुवास्तु (स्वात, अफगानिस्तान) की उपत्यका में पहुँचे, तभी से सिन्धु-उपत्यका की सभ्य जाति से उनका मुकाबिला शुरू हुआ। इन्हीं जातियों का संघर्ष वेद और पुराने साहित्य में देवासुर संग्राम के नाम से प्रसिद्ध है। असुर यद्यपि अधिक चतुर और सभ्य थे तो भी हजारों वर्षों से नागरिक जीवन बिताते हुए वह अधिक व्यसनी तथा सैनिक प्रकृति से हीन हो गये थे। यही कारण था कि वह अपने सैकड़ों किलेबन्द नगरों और शिक्षित सैनिकों के होते हुए भी अशिक्षित, किन्तु लड़ाकू आर्यों द्वारा पराजित हुए। इतिहास में खानाबदोश असभ्य जातियाँ अक्सर विजयी होते देखी गई हैं।

विजयी होकर अब आर्य पराजित द्राविड़ों के संसर्ग में आ धीरे-धीरे सभ्य बनने के साथ अपने सरल और परिश्रमी जीवन को त्याग उनके आराम-पसन्द जीवन को अपनाने लगे। युद्ध के बाद जब दोनों जातियाँ सिन्धु-उपत्यका में बस गईं, तब विजेता और पराजित के झगड़े ने एक दूसरा ही रूप धारण किया। आर्यों ने कृष्णयोनि (काली जाति), चिपटी नासिकावाली या निर्णास, खर्वकाय आदि कहकर पराजितों से घृणा करनी शुरू की। आजकल के गोरों और हब्शियों की भाँति उन्होंने वर्ण (रंग) का प्रश्न उठाकर अनार्यों से ब्याह शादी की कड़ी मनाही कर दी। तो भी इसका मतलब यह नहीं कि आर्य अपने रक्त को शुद्ध रख सके। यह होना सम्भव ही कैसे था, जब कि उनके घरों में अनार्य दासों का प्रवेश निर्बाध होता था और उनके आस-पास अनार्यों की बस्तियाँ थीं।

मोहन्-जोदड़ो की खुदाई में लोहे का कहीं पता नहीं है। आर्यों के पुराने साहित्य में भी लौह और अयस् शब्द ताँबे और लोहे, दोनों के लिए प्रयुक्त हुए हैं; इसलिये केवल लोहे के लिए कृष्ण-अयस् और केवल ताँबे के लिए ताम्-लौह शब्दों को गढ़ना पड़ा। लोहे का आविष्कार ई० पू० १४०० के आस-पास हुआ था। उससे पूर्व ताँबे और पीतल के ही हथियार सिन्धु, मेसोपोटामिया, मिस्र, क्रेत, सभी जगह व्यवहृत होते थे। आर्यों के आने के पूर्व ही सिन्धु-उपत्यका के लोग एक प्रकार की चित्रलिपि का व्यवहार करते थे। उसके बाद की किसी लिपि (जो सम्भवतः हाल में सम्भलपुर जिले के गंगापुर में मिली शिलालिपि-सी थी) से आर्यों ने अपनी ब्राह्मी लिपि तैयार की। भारत में आने से पूर्व ही भय और वीरपूजा ने आर्यों के लिए अनेक

देवी-देवता पैदा कर दिये थे, सिन्धु-उपत्यका के संसर्ग ने उनमें कई अनार्य-देवों की वृद्धि की।

हम पहले कह आये हैं कि अति पुरातन काल में भारत में हब्शी और दक्षिणात्य प्राग्द्राविड़ीय मुण्डा (आदि जातियों) वास करती थीं। फिर ७, ८ हजार वर्ष पूर्व अल्पसंख्यक, किन्तु सुसभ्य भूरी द्रविड़ जाति आई। अब आर्यों के आने से एक चौथी जाति का समागम हुआ। इनमें आर्य गौरवर्ण, दीर्घकाय, तुङ्गनास (ऊँची-नाक वाले), अभिनील नेत्र तथा भूरे बालों वाले थे। बाकी तीन जातियाँ बहुत कुछ आपस में मिल गई थीं। वे कृष्णकाय, चिपटी नासिकावाली, खर्वदेह होती थीं। इसके अतिरिक्त उनमें से किन्हीं में अँगूठिया बाल, स्थूल ओष्ठ तथा आगे निकाला मुँह–यह हब्शी-शरीर-लक्षण भी मिलता था, यद्यपि हब्शी रुधिर की प्रचुरता न होने के कारण वह अधिक न दिखाई पड़ता था।

मानव-तत्त्व के पण्डितों ने भिन्न-भिन्न जातियों की शरीरकृति की परीक्षा कर उनमें अनेक भेदक लक्षण या अभिव्यंजन (Index) पाये। इनमें जो अभिव्यंजन अधिक स्थिर रहता है, उसे व्यवस्थित अभिव्यंजन कहते हैं; जो नहीं, उसे अव्यवस्थित अभिव्यंजन। (१) लंबाई (कद), (२) कपाल–संस्थिति, और (३) नासिका–संस्थिति, ये तीन व्यवस्थित अभिव्यंजन कहे जाते हैं।[1] इनमें भी पहले से दूसरा और दूसरे से तीसरा अधिक प्रामाणिक है। अव्यवस्थित अभिव्यंजन है- शरीर आँखों और बालों के रंग तथा आँखों और बालों के आकार-प्रकार आदि। आर्य-अनार्य के अव्यवस्थित व्यंजनों के बारे में हम पहले कह चुके हैं। यहाँ कपाल-संस्थिति से मतलब कपाल की लम्बाई को १०० मानकर उसकी चौड़ाई का परिमाण मालूम करना, नासिका संस्थिति में भी नाक की लम्बाई को सौ मान कर नथुनों पर नाक की चौड़ाई का अनुपात लगाना (लम्बाई नापते वक्त भौं के नीचे नाक

---

1. ५ फीट ७ इंच से अधिक ऊँचा आदमी दीर्घाकार कहा जाता है; ५ फीट ५ इंच से ५ फीट ७ इंच मध्यमाकार, ५ फीट ३ इंच से ५ फीट ५ इंच अनुमध्यमाकार, ५ फीट ३ इंच से कम खर्बाकार। ८० से अधिक कपाल-संस्थिति वाला आयत (गोल) शीर्ष, ८० से ७५ मध्यशीर्ष, ७५ से कम लंबशीर्ष। ७० नासिका–संस्थिति वाला तुङ्गनास होता है, मध्यनास (द्रविड़) ७०-८५, और आयतनास (मंगोल) ८५ से अधिक संस्थिति वाले होते हैं।

के दबे हुए भाग से आरम्भ कर नासाग्र तक नापना चाहिए)। ठीक परिणाम पर पहुँचने के लिये यह आवश्यक है कि एक जाति के रक्त-सम्बन्धियों के सौ-डेढ़ सौ व्यक्तियों को बिना किसी चुनाव के लिया जाय।

नाप से मालूम हुआ है कि भूमण्डल के श्वेतांगों की लम्बाई प्रायः १६१० मिलीमीटर (५ फीट ४.४ इंच) से नीचे नहीं होती, कपाल-संस्थिति ७१.३ और नासिका संस्थिति ७५ से ऊपर नहीं जाती। दूसरों का कद १५४० मिलीमीटर (५ फीट-१.६ इंच) तक छोटा तथा कपाल और नाक की संस्थितियाँ क्रमशः ७५ और ७० से कम नहीं होतीं।

श्वेतांगी की कपाल-संस्थिति में गोल सिर पाया जाता है, जैसे भारत में गुजरातियों और मराठा के सिर तथा यूरोप में जर्मन आदि कुछ जातियों के सिर; इसलिए बाकी दो बातों का भी ख़याल रखना होगा। विभिन्न स्थानों के स्वेतांगों के निश्चित कार्य मान इस प्रकार पाये गये हैं।

	लम्बाई (मिलीमीटर)	कपाल	नासिका
सिन्धु-अफगान	१६४२ से १६८३ तक	८०-८२.८	६७.८-७४.३
सिन्धु ईरानी	१६४२-१६८३	८०-८२.८	६७.८-७३.३
ईरानी-भूमध्यदेशीय	१६३३-१७४५	७६.२-७९.८	५९.६-७३.३
आर्मेनियन पामीर	१६६०-१७०८	८४.१-८९.५	६२.६-७२
जार्जियन	१६४६-१६५८	८२.५-८४.२	५७.६-६४.५

उत्तरी भारत के आर्यों के कुछ कार्यमान देखिये-

	लम्बाई	कपाल	नासिका
राजपूत (राजपूताना)	१७४८	७२.४	७१.६
पंजाबी	१६८४	७४.२	७०.२
सिक्ख	१७०९	७२.७	६८.८

इसकी तुलना भारत की कुछ आर्य-भिन्न जातियों से कीजिये-

	लम्बाई	कपाल	नासिका
बेद्दा (सीलोन)	१५७१	७५.१	८४.१८
मुण्डा	१५८९	७४.५	८९.९
तमिल	१६३६	७५.६६	७६.६७
द्रविण हिन्दू	१६२३	७५.२	८२.३७

हिमालय, बंगाल और आसाम के भारतीय में काफी मंगोल-रुधिर भी है। यहाँ कुछ मंगोल-जातियों के अभिव्यंजन देखिये-

	लम्बाई	कपाल	नासिका
बुर्यत् (साइबेरिया)	१६३१	८४.५	७२.५२
लदाखी (काश्मीर)	१६३४	७६.७६	७५.५४
लिप्या (दार्जिलिंग)	१५७०	७९.९	६७.२
जापानी	१५८५	७६.५	७२.९४

आरंभिक आर्यों के बाद भी, सिकन्दर के समय, हजारों यूनानी, सीथियन (मग-शक), जाट, गूजर, आभीर आदि आर्य जातियाँ भारत में आती गईं और उत्तर भारतीय आर्यों में मिलती गईं। द्रविड़ तथा दूसरी अनार्य जातियाँ या तो विजेताओं की आज्ञाकारी बन गईं अथवा मध्य प्रदेश की पहाड़ियों और दक्षिण की ओर हटती गईं। इन जातियों के समागम से रक्त-सम्मिश्रण होना अनिवार्य था। हाँ, पंजाब और राजपूताने से हम जितना ही अधिक पूर्व की ओर बढ़ते हैं, उतनी ही हम आर्य-रक्त की मात्रा कम होते देखते हैं; और द्रविड़ रक्त की मात्रा को बढ़ते। बिहार की सीमा पारकर बंगाल और आसाम में फिर उत्तर से आई मंगोल जाति का रक्त-सम्मिश्रण होने लगता है। यह रक्त सम्मिश्रण सभी जातियों में एक-सा नहीं है। उदाहरणार्थ, पूर्वीय युक्त प्रान्त और बिहार की अहीर-जाति को ले लीजिये। उनमें और जातियों की अपेक्षा आप अधिक गोरे रंग और भूरे बाल भी पायेंगे। व्यवस्थित अभिव्यंजनों (लम्बाई, कपाल और नासिका के मानों) को भी देखने से आपको मालूम होगा कि उन प्रदेशों में यही एक जाति है जिसमें सबसे अधिक आर्य-रुधिर है।

वैज्ञानिकों ने मनुष्य की उत्पत्ति और विकास को मत्स्य, मण्डूक, सरीसृप, पक्षी और स्तनधारी आदि क्रम से जो माना है, वह विशेषतः दो बातों के आधार पर है। जीव-कल्प के पाषाणों की तहों में हम उसी क्रम से उन्हें पाते हैं। यह पाषाण समकालीन घटनाओं के इतिहास-ग्रन्थ हैं जिनका एक-एक स्तर उस ग्रन्थ का एक-एक पन्ना है। फर्क इतना ही है कि बीच-बीच में आने वाले हजारों प्रचण्ड भूकम्पों ने इस ग्रन्थ के पन्नों को तोड़-फोड़ डाला है। अमेरिका की पश्चिमी रियासतों के कुछ स्थानों की भाँति पृथिवी पर कहीं-कहीं करोड़ों वर्षों के पाषाण स्तर अक्षुण्ण मिलते हैं। वहीं ऊँट घोड़े आदि की भिन्न-भिन्न काल की पथराई हड्डियाँ इस विकास-सिद्धान्त की पुष्टि करती हैं। पथराई हड्डियों के बाद दूसरा प्रमाण स्वयं प्राणियों की गर्भ आदि की आरम्भिक अवस्था है। मेढक चूँकि मछली से विकसित हुआ है, इसलिए उसको मेढक के रूप में आने से पूर्व मछली का रूप धारण करना पड़ता है। उस वक्त उसकी आकृति ही मछली की तरह नहीं होती, बल्कि वह मछली की ही भाँति, फटे गले से, पानी के भीतर भी साँस लेता है। अपनी वर्तमान अवस्था तक पहुँचने के लिए मनुष्य जाति को जिन-जिन मंजिलों को पार करना पड़ा, अब भी प्रत्येक मनुष्य को गर्भाशय और शैशव में उन सभी अवस्थाओं से गुजरना पड़ता है। गर्भ में वह, आरम्भिक अवस्था में, मछली की तरह रहता और अन्यान्य अवस्थाओं से ४-५ मास की अवस्था में वह सपुच्छ वानर-सा होता है। प्रसव के समय वनमानुष की भाँति उसके हाथ लम्बे-लम्बे होते हैं। शैशव में वह कितने ही विकसित वानरों की भाँति चतुष्पद और द्विपद-दोनों की तरह चलता है; और, शायद सोचता भी है। यहाँ तक कि तीन-चार वर्ष की अवस्था में वह कितनी ही शारीरिक और मानसिक क्रियाओं में पचास हजार वर्ष पूर्व के अपने चालीस वर्ष बूढ़े पूर्वजों की अवस्था की आवृति करता है। जैसे हम कितनी ही बातों में अपने पूर्वजों से आगे बढ़े हैं, उसी तरह उन्नति करके आज से दस हजार वर्ष बाद आने वाली हमारी सन्तान १० वर्ष की उमर में हमारे चालीस वर्ष के पंडितों की तरह सोचने लगेगी और भूत-काल के अनुभवों से फायदा उठायेगी।

मनुष्य के विकास के कुछ महत्त्वपूर्ण काल

पृथिवी की उत्पत्ति	२ अरब वर्ष पूर्व
प्राणी की उत्पत्ति	३ करोड़ वर्ष पूर्व

विकराल सरीसृपों की उत्पत्ति	२ करोड़ वर्ष पूर्व
सिवालिक के जन्तु	३० लाख वर्ष पूर्व
सिवालिक के नर-वानर	४-५ लाख वर्ष पूर्व
जावा के नर-वानर	४-३ लाख वर्ष पूर्व
हिमालय के भाँगर (तराई) की उत्पत्ति	४-३ लाख वर्ष पूर्व
हिमयुग (प्रथम)	३ लाख वर्ष पूर्व
हिमयुग (द्वितीय)	२ लाख वर्ष पूर्व
हाइडल-वर्गीय मनुष्य	१-१/२-१ लाख वर्ष पूर्व
हिमयुग (तृतीय)	१ लाख वर्ष पूर्व
हिमयुग (चतुर्थ)	५० हजार वर्ष पूर्व
नेअंडर्थल, कड़पा, कर्नूल के मनुष्य	५० हजार वर्ष पूर्व
चतुर्थ हिमयुग का दबना	४०-२५ हजार वर्ष पूर्व
क्रोमेग्रन् (दक्षिण यूरोप) मनुष्य	३०-२५ हजार वर्ष पूर्व
सिंगनपुर में प्राग्द्राविड़ीय मनुष्य	३०-२५ हजार वर्ष पूर्व
वास्तविक मनुष्य के इतिहास का आरम्भ सूर्य-नाग-पूजक तथा स्वस्तिक चिह्न वालों का यूरोप, भारत, चीन, अमेरिका आदि में फैलना	१२-८ हजार ई० पू०
धनुष-वाण का आविष्कार	१०,००० हजार ई० पूर्व
नव-पाषाण-युग	५,००० ई० पू०
पशुपालन, कृषि, मिट्टी के बर्तनों का आरम्भ	५,००० ई० पू०
गाँव बसाना तथा सभ्यता का आरम्भ	५,००० ई० पू०
ताँबे का आविष्कार	४,००० ई० पू०
मोहन-जो-दड़ों की सभ्यता	३,००० ई० पू०
पीतल का आविष्कार	२,५०० ई० पू०
हिरात में आर्यों का प्रवेश	२,५०० ई० पू०
सुवास्तु में आर्यों का वास	२,००० ई० पू०
मित्तन्नी आर्यों का मेसोपोटामिया में पहुँचना	२,००० ई० पू०

आर्यों का सिंधु-उपत्यका पर अधिकार	१८०० ई० पू०
आर्यों का यूनान पर अधिकार	१५०० ई० पू०
लोहे का आविष्कार	१४०० ई० पू०
गौतम बुद्ध (बुद्धिवादी)	५६३-४७३ ई० पू०
सिन्धु-प्रदेश पर ईरानियों का अधिकार	५३० ई० पू०
यूनानियों की भारत में विजय	३२३ ई० पू०
कागज का आविष्कार (चीन)	२०० ई० पू०
शकों, मगों का भारत में आगमन	२००-१०० ई० पू०
मंगोलों द्वारा बारूद का यूरोप में प्रवेश	१३०० ई०
यूरोप में टाइप का छापाखाना	१४३८ ई०
दूरबीन-आविष्कार	१६१२ ई०
भाप का इंजन	१७८५ ई०
प्रथम स्टीमर (फोर्ट)	१८०२ ई०
प्रथम रेल-इंजन	१८०४ ई०
विकासवाद के आचार्य डार्विन	१८०९-८२ ई०
साम्यवाद के आचार्य कार्ल मार्क्स	१८१०-८३ ई०
प्रथम रेल लाइन (स्टाक्टन् से डार्लिंग्टन तक)	१८२५ ई०
दियासलाई	१८३४ ई०
स्वेज नहर	१८६७ ई०
ग्रोमोफोन	१८७८ ई०
रेडियम	१८९८ ई०
मनुष्य वाहक वायुयान	१९०९ ई०
प्रथम साम्यवादी शासन	१९१७ ई०

पूँजीवाद की उत्पत्ति

पूँजीवाद धन-अर्जन का वह खास ढंग है जिसमें एक मनुष्य, दूसरा कोई प्रभुत्व न रखते हुए भी, सिर्फ अपनी पूँजी के बल पर चीजों के बनाने के बहुमूल्य साधनों पर अधिकार कर, बहुसंख्यक मनुष्यों के श्रम के कितने ही भाग को मुफ़्त ही अपने निजी लाभ और अपनी मददगार पूँजी के बढ़ाने में उपयोग करता है।

यह निश्चित ही है कि इस प्रकार का पूँजीवाद शिकारी अवस्था के मनुष्य में सम्भव न था। जब मनुष्य शिकारी अवस्था से गल्लाबानी और किसानी अवस्था में आया, तो उसके पास वैयक्तिक स्थावर और जंगम सम्पत्ति जमा होने लगी। फिर संपत्ति के स्वामी, धनी सामन्त और राजा अर्थात् शोषक वर्ग अस्तित्व में आया। दूसरी ओर शोषकों के लिए काम करने वाले श्रमिक रह गये। समाज में वर्गभेद और अपने-अपने स्वार्थ के लिये वर्ग-संघर्ष शुरू हुआ। यद्यपि ये सामन्त और राजा भी दूसरे मनुष्य के श्रम के कुछ भाग के बिना मजदूरी दिये अपने निजी लाभ के लिये इस्तेमाल करते थे; किन्तु वह एक तो, पूँजी के बल पर नहीं, अपनी राज-शक्ति के बल से वैसा करते थे; दूसरे, बिना मजदूरी के लिये गये उस श्रम से आगे भी श्रम की खरीद-फरोख्त जारी रखने के लिये वह पूँजी नहीं तैयार करते थे। यद्यपि सामन्तशाही के जमाने में खरीद-बिक्री करने वाले बनिये और सूद पर रुपया देने वाले महाजन होते थे जो दूसरे के ‘‘श्रम के कुछ भाग को बिना मजदूरी दिये अपनी निजी लाभ के लिये’’ इस्तेमाल करते थे; तो भी बनिया और महाजन पूँजीवादी नहीं हो सकते थे, क्योंकि उन्होंने जिन्दगी के लिये जरूरी चीजों के उत्पन्न करने के हथियारों को अपने हाथ में नहीं कर पाया था। उस समय जुलाहा अपने करघे का, कुम्हार अपनी चाक का,

लुहार भाथी, घन, निहाई का मालिक होता था। यदि कहीं यह औजार जमा कर उनसे चीजें बनवाई भी जाती थीं, तो भी वह अधिकतर बेगार के तौर पर होता था जिसमें राजा या सामन्त अपने प्रभुत्व का भी इस्तेमाल करते थे। उस समय चीजें बनाने वाले औजारों के बड़े-बड़े दाम न होते थे, इसलिए कारीगर अधिक दबाव देने पर अपने निजी औजारों को तैयार कर स्वतंत्रतापूर्वक अपना काम कर सकते थे और इसलिये धनियों की रुचि ऐसे कारखानों के स्थापित करने में अधिक नहीं हो सकती थी।

पूँजीवाद तो तब से शुरू होता है जब दुनिया में भाप के यंत्रों का आविष्कार होता है। यन्त्रों के आविष्कार से चीजों के पैदा करने की गति हाथ की अपेक्षा अधिक बढ़ जाती है। जहाँ पहले एक कारीगर जुलाहा अपने हाथ के करघे से दिन में मुश्किल से सात-आठ गज कपड़ा बुन सकता था, वहाँ भाप से चलने वाले करघे से एक अनाड़ी-सा आदमी पचास-साठ गज तक बुन सकता था। मशीन से बने इस कपड़े का सस्ता पड़ना जरूरी ही था, क्योंकि चीजों का मोल तो उसमें लगी आदमी की मेहनत के परिमाण पर निर्भर है। चीजों के सस्ती होने पर उनके जल्दी बिकने में आसानी होती है और जितने ही थोड़े समय में, जितनी ही अधिक चीजें बिकें, चीजों के तैयार करने वालों को, हर एक चीज पर थोड़ा नफ़ा रखने पर भी कुल मिलाकर, उतना ही अधिक नफ़ा होता है। ज्यादा नफ़ा होने पर भी मशीनों का दाम अधिक होने से कारीगर स्वयं उन्हें खरीद नहीं सकता था। इस प्रकार पूँजीवाद का आरम्भ भाप की भौतिक शक्तियों द्वारा संचालित मशीनों के आविष्कार के साथ होता है।

◆ पूँजीवाद का प्रसार

चाहे वाष्प की संचालक शक्ति का मामूली ज्ञान मिस्र वालों को दो-ढाई हजार वर्ष पहले ही हो गया हो, किन्तु व्यवसाय के कामों में उसका इस्तेमाल सबसे पहले यूरोप वालों ही ने किया। सन् १७६५ ई० में इंग्लैंड के जेम्स वॉट ने भाप के इंजन का पहले-पहल आविष्कार किया। पहले तो लोग इसकी उपयोगिता को न समझ सके, किन्तु वह बहुत दिनों तक छिपी न रह सकी। लोगों ने समझ लिया कि जैसे घोड़े या बैल की ताकत को जोत कर आदमी आटे की चक्की, हल और गाड़ी को चला सकता है, उसी तरह उन्हें आग पानी से उत्पन्न इस भाप की ताकत से चलाया जा सकता है। सन् १६०० ई० में ईस्ट इण्डिया कम्पनी की स्थापना के बाद से ही मसाले

आदि के साथ हिन्दुस्तानी सुन्दर कपड़ों की इंग्लैंड में बहुत माँग थी। उसमें नफ़ा भी काफी था। इंग्लैंड के औद्योगिक दिमाग में यह बात चक्कर काटने लगी कि यदि इस प्रकार का चरखा और करघा बनाया जा सके जिसमें वाष्प इंजन की ताकत जोड़ी जा सके, तो हम कपड़े को सस्ते दाम में तैयार कर सकते हैं। अन्त में वह सफल हुआ, और सन् १७८५ ई० में वाष्प संचालित चरखे करघे की मशीन का पहला कारखाना इंग्लैंड में कायम हुआ। नतीजा वही हुआ, यानी कपड़ा कम लागत में तैयार कर सकते थे, उतना अनेक दोषों के रहते भी शुरू की उस मशीन से एक ही आदमी तैयार करने लगा। मजदूरों को यह सोचने में देर न लगी कि इस आविष्कार का मतलब है, चार आदमियों की जगह सिर्फ़ एक आदमी को काम मिलना। मशीनों के जरिये नफ़ा होते देख कितने ही और कारखाने खुले और कुछ ही वर्षों में कितने ही मजदूर बेकार हो गये। इस पर मजदूरों ने उत्तेजित होकर एक मिल पर धावा बोल दिया और मशीनों को तोड़-फोड़ कर खराब कर दिया।

जिस समय भाप से चलने वाली मिलों के खिलाफ इंग्लैंड के मजदूरों में इस प्रकार उत्तेजना फैल रहीं थी, उसी समय १८०२ ई० में फल्टन ने भाप से चलने वाले जहाज को तैयार किया और जॉर्ज स्टीफेन्सन रेल के इंजन के बनाने में ही सफल नहीं हुआ, बल्कि सन् १८२५ ई० में उसने स्टाक्टं और डालिंग्टन के बीच लोहे की लाइन पर छोटे डब्बों के साथ एक इंजन को १२ मील प्रति घन्टे की चाल से दौड़ा भी दिया। पूँजीपतियों ने देखा, यह तो तैयार माल को बड़ी जल्दी, कम खर्च में, एक जगह से दूसरी जगह भेजने में भारी सहायक हो सकते हैं। लोहे के जहाज बनने लगे और अब आग लगने का डर भी जाता रहा, क्योंकि जहाज लकड़ी की जगह लोहे के बनने लगे थे। अगिनबोटों के प्रचार ने कल-कारखानों की तरक्की में जहाँ मदद पहुँचाई, वहाँ कुछ समय के लिए मजदूरों को भी उसने शान्त कर दिया, इसलिये कि इन साधनों के द्वारा तैयार माल दुनिया के दूर-दूर के बाजारों में पहुँचने लगा। उस समय इंग्लैंड ही कारखानों का प्रधान देश था, इसलिए दुनिया के बाजारों में उसके प्रतिद्वन्द्वी न थे। मशीन से तैयार इस सस्ते माल की इतनी माँग थी कि हर साल नये-नये कारखाने खुलने लगे। उनमें काम करने के लिये अधिक-से-अधिक संख्या में मजदूर लगाये जाने लगे।

कैसे इंग्लैंड में पूँजीवाद का आरम्भ हुआ और कैसे भाप से चलने वाली रेलों

और जहाजों ने उसकी वृद्धि की, यह हम कह चुके हैं। अब तक धनी बनने के जरिये राज्य की नौकरी, जमींदारी, खरीद-बेच और सूद पर रुपया देना था, लेकिन यह सब कल-कारखानों के नफ़े के सामने कुछ न थे। इस भारी लालच के कारण जहाँ इंग्लैंड में बहुत से लोग कारखानेदार बनने की कोशिश करने लगे, वहाँ यूरोप के दूसरे देश भी, चाहे कुछ देर से ही सही, उसका अनुसरण करने लगे। फ्रांस उस समय पूरब और पच्छिम दोनों में अंग्रेजों का प्रतिद्वन्द्वी था। वह कब चुप रहने वाला था? उसने भी कारखाने स्थापित करने शुरू किये। इसके बाद तो जर्मनी, हालैण्ड, आस्ट्रिया आदि यूरोप के सभी देश धन कमाने के इस सरल और द्रुततर साधन को अपनाने लगे।

उन्नीसवीं सदी के पहले आधे भाग तक कल-कारखाने का प्रचार अर्थात् पूँजीवाद का विस्तार यूरोप में ही होता रहा। वहाँ अधिक कारखानों के खुलने से दो नतीजे हुए। एक तो इतने ज्यादा माल के लिए बाजार काफी न होने से यूरोप के देशों की आपस में प्रतिद्वन्द्विता बढ़ने लगी, दूसरे बाजार की कमी और दिन-पर-दिन मशीनों में अधिक सुधार होने से बहुत से मजदूर काम से वंचित हो बेकार पड़ने लगे।

◆ भारत में पूँजीवाद का प्रवेश

उन्नीसवीं सदी के मध्य तक, पराधीन हो जाने पर भी भारत अपने नशे में मस्त था। उसने अपने यहाँ आये माल और यूरोप के आदमियों से मशीन-युग की कुछ खबर तो जरूर पाई होगी, किन्तु उसके व्यापारियों का ध्यान कल-कारखानों की ओर न गया। शायद अभी उनमें यन्त्रों की जानकारी न आई थी। व्यावसायिक बुद्धि प्रगतिशील विचार और यूरोपीय जातियों के संसर्ग में प्रथम आने पर हिन्दुस्तानियों में पारसियों ने सबसे पहले भारत में मिलों के काम को समझा। कावसजी मनाभाई दावर ने सन् १८६५ ई० में बम्बई में पहली कपड़े की मिल खोली। देखा-देखी अहमदाबाद के हिन्दू व्यापारियों ने भी अपनी मिलें कायम कीं।

यद्यपि उन्नीसवीं सदी के पिछले हिस्से में भारत में मिलों की स्थापना या पूँजीवाद का प्रसार आरम्भ हो गया। किन्तु उन्नीसवीं सदी के अन्त तक उसकी चाल बहुत धीमी थी। कारण थे—(१) अच्छी तरह संगठित और एक सदी का तजुबा रखने वाले विदेशी कारखानों के माल से वह बाजार में मुकाबला न कर सकते थे; (२) मशीनों का अभ्यास उन्हें बहुत कम था; (३) बैंक बीमा आदि आजकल के व्यापार

के साधनों से वह उतना काम न ले सकते थे; (४) विदेशी व्यापारी, जिनका भारत में भारी प्रभाव था, यहाँ अपने देश के प्रतिद्वन्द्वी देखना पसन्द न करते थे।

बीसवीं सदी के पहले पन्द्रह वर्षों में शिक्षा और विज्ञान के प्रचार ने कल-कारखानों के फैलाने में यद्यपि ज्यादा मदद की, तो भी रास्ते में कितनी रुकावटें होने के कारण उसकी गति उतनी तेज न हो सकी। वस्तुतः कारखानों का अधिक प्रसार तो पिछले महासमर से भारत में होने लगा जब कि यूरोप की जातियों के युद्ध में पड़ जाने से वहाँ के कारखानों के माल का भारत में आना रुक गया और इस तरह कुछ वर्षों के लिए मैदान साफ हो गया। उस समय युद्ध की दृष्टि से भी सरकार को भारत में कल-कारखानों की तरक्की को उत्साहित करना पड़ा। जब एक बार चक्कर चल गया, तो उसका रुकना मुश्किल था। यही कारण था कि १९१४ ई० के बाद हिन्दुस्तानियों ने तरह-तरह की चीजों को तैयार करने के लिए हजारों कारखाने बड़ी-बड़ी पूँजी लगाकर भारत में खोले। आज भारत में पूँजीवाद बचपन से अपनी जवानी की ओर पैर बढ़ा रहा है और इसके साथ भारत में भी आज वह समस्याएँ खड़ी हो गयी हैं जो पच्छिम के व्यवसाय-प्रधान देशों के सामने पहले से पेश थीं।

साम्यवाद क्यों पैदा हुआ?

सं सार में बिना कारण के कोई कार्य (बात) नहीं हुआ करता। पूँजीवाद भी तब पैदा हुआ था जब उसके उत्पन्न करने वाले कारण पैदा हो गये थे–अर्थात् (१) थोड़ी मेहनत या बिना मेहनत के धनी हो जाने की मनुष्य की स्वाभाविक इच्छा; (२) मशीनों के आविष्कार द्वारा थोड़ी-सी मेहनत से बहुत सी चीजों को तैयार कर सस्ते दाम में बेच उससे फायदा उठाने का सुभीता; (३) मशीनों द्वारा बनी हुई चीजों से बाजार में मुकाबला न कर सकने के कारण स्वतन्त्र कारीगरों की प्रतियोगिता का खतम हो जाना; (४) अधिक जानकारी की जरूरत न होने से अनाड़ी से आदमियों का भी मशीनों द्वारा सुन्दर चीजों का बना सकना। इसी तरह साम्यवाद–जिससे यहाँ हमारा मतलब वैज्ञानिक साम्यवाद से है–तब प्रकट हुआ जब उसको पैदा करने वाले कारण आ मौजूद हुए।

जिस चीज में मनुष्य की मेहनत जितनी ही अधिक लगती है, उसकी कीमत उतनी ही अधिक होती है–यह समझना मुश्किल नहीं है। खोदने की बहुत भारी मेहनत के बाद अक्सर बहुत-सी खुदाई की मेहनत बरबाद करके हीरा कभी-कभी मिला करता है, अर्थात् एक हीरे में वह सारी मेहनत शामिल है, इसलिए उसकी कीमत इतनी अधिक है। अगर एक आदमी की आधे ही दिन की मेहनत से कोहनूर मिल जाते, तो उनकी कीमत इतनी न होती। हाथ की बनी चीजों की कीमत इतनी अधिक इसीलिए होती है, क्योंकि उनमें आदमी की मेहनत अधिक लगती है। आदमी की मेहनत कम परिमाण में लगने ही से मशीन से बनी चीजें इतनी सस्ती होती हैं। मशीन का यही प्रधान काम है कि चीजों के पैदा करने में आदमी की मेहनत को कम-से-कम इस्तेमाल

किया जाय। नतीजा यह होता है कि मशीनों के इस्तेमाल से उतनी ही चीजों को पैदा करने के लिए उतने आदमियों की मेहनत की जरूरत नहीं पड़ती जितनी कि उन्हीं चीजों को हाथ से बनाने में पड़ती। हाथ के करघे को ही ले लीजिए। उनसे एक आदमी आठ घण्टा रोज काम करके मुश्किल से दस-बारह गज कपड़ा बुन सकता है, लेकिन उससे भी कम जानकार आदमी कपड़े की मिल में जाकर उतने ही समय में साठ-सत्तर गज कपड़ा बुन सकता है और उसके बुनने की ताकत भी, मशीन में जितना ही सुधार होता जायगा, उतनी ही बढ़ती जायगी। आठ घण्टे में एक आदमी का साठ-सत्तर गज कपड़ा बुनने का मतलब है, छह आदमियों के काम का एक आदमी द्वारा करना, इसका दूसरा मतलब हुआ मशीन द्वारा पाँच आदमियों को काम से वंचित रखना।

मशीनें आदमियों के काम को छीन लेती हैं, यह बात समझने में उस समय के इंग्लैंड के अशिक्षित मजदूरों को भी देर न लगी। और कुछ ही वर्ष बाद उन्नीसवीं सदी के आरम्भ में, हम इंग्लैंड के मजदूरों और कारीगरों को कई मिलों को तोड़-फोड़ कर नष्ट करते देखते हैं। लेकिन तो भी ये भाव उतने भयंकर नहीं हो सके। इसका कारण यह था कि उस समय तक मशीनों का प्रचार एकाध मुल्कों में ही हो सका था और चीजों की खपत के लिए दुनिया के सभी बाजार खुले हुए थे, बल्कि यों कहिये कि वे कारखाने अभी इतनी चीजें पैदा भी नहीं कर सकते थे जितनी की बाजार में माँग थी। इसीलिए उस शुरू के जमाने में नफ़े के निश्चित होने और घाटे का भय न होने से नये-नये कारखाने खुलते जाते थे। हर नये कारखाने के खुलने का मतलब था और अधिक मजदूरों को काम मिलना। इसी कारण से उन्नीसवीं सदी के पहले पचीस वर्षों में वहाँ के मजदूरों के भाव पूँजीपतियों के खिलाफ उतने सख्त न थे। लेकिन एक देश को कारखानों द्वारा फायदा उठाते देख यूरोप के दूसरे देश ज्यादा दिनों तक चुप कैसे रह सकते। दूसरे मुल्कों में भी कारखानों के खुल जाने से बाजार में ज्यादा माल आने लगा, इसलिए पहले के स्थापित कारखानों ने जितने मजदूरों को बेकार कर दिया था, अब उतने नये कारखानों के न खुलने से उतने बेकारों को काम नहीं दिया जा सकता था। दूसरी बात यह थी कि मशीनों में नित्य नये-नये सुधार होने से जहाँ एक पुरानी मशीन में उतने काम के लिए दस आदमियों की जरूरत थी, अब नई सुधरी हुई मशीन में उससे आधे ही आदमियों की जरूरत पड़ने लगी। इस तरह साइंस की उन्नति और नये-नये आविष्कार बेकारों की संख्या को और बढ़ाने वाले सिद्ध हुए। हाँ, यह जरूर

था कि जहाँ कुछ चीजों को काम में लाने वाले पहले थोड़े से आदमी थे, अब सस्ती होने के कारण उनको अधिक इस्तेमाल करने लगे। तो भी खरीदारों की संख्या में उस अनुपात से वृद्धि नहीं हो रही थी जिस अनुपात और परिमाण में बेकारों की संख्या बढ़ती जा रही थी।

अब मजदूर देखने लगे कि एक ओर तो उन्हें कारखानों में काम नहीं मिल रहा है और दूसरी और स्वतन्त्र कारीगरी या खेती का जरिया उनसे छीन लिया गया है। पेट की भूख एक साधरण बुद्धिवाले पुरुष को भी कुछ सोचने के लिए मजबूर करती है। मजदूरों ने एक ओर उक्त प्रकार से अपने को बेवस देखा और दूसरी ओर कितने ही लोगों को कुछ ही दिनों में करोड़पति बनते देखा। यह समझने में उन्हें दिक्कत न हुई कि यह धन उन्हीं के मेहनत से इकट्ठा हुआ है।

पूँजीवाद ने जहाँ मजदूरों के लिये इतनी तकलीफों का सामान इकट्ठा कर दिया, वहाँ उनके लिए एक बड़ा लाभ भी किया और वह था बड़ी-बड़ी तादाद में मजदूरों को कारखानों के पास इकट्ठा कर देना। जहाँ खेती के मजदूर इधर-उधर बिखरे रहने से अपनी तकलीफों को चुपचाप सह लिया करते थे, वहाँ कारखानों के मजदूर संगठित हो आन्दोलन करने की ताकत रखते थे। शुरू में चाहे रोग और उसके निदान का ज्ञान उनको बहुत धुँधला-सा ही रहा हो, किन्तु उन्होंने उसी समय से उससे बचने के लिए अपने हाथ-पैर हिलाने शुरू कर दिये थे।

मनुष्य जाति में ऐसे लोग भी होते आये हैं जो खुद आराम में रहने पर भी दूसरों की तकलीफों पर सोचने और उसको दूर करने के लिए अपना सब कुछ दे सकते हैं। जिस वक्त पूँजीवाद न था। और उसकी बुराईयों को इतने भयंकर रूप में देखना सम्भव न था, उस समय भी ऐसे विचारक पैदा हुए जो आर्थिक समानता का प्रचार करते थे। गौतम बुद्ध ने ढाई हजार वर्ष पहले अपने भिक्षुओं में जिन्दगी के काम की चीजों को जरूरत देख बराबर बाँटने का नियम ही नहीं बनाया था, बल्कि व्यक्तिगत सम्पत्ति की सीमा अत्यन्त छोटी करके संघ या समुदाय की सम्पत्ति की सीमा को बहुत बढ़ा दिया था। ईरान के मज्दक् (पाँचवीं सदी) ने भी यही किया। नवीं सदी के मध्य में तिब्बत के सम्राट् मुनि-चन्-पो ने भी तीन बार अपने राज्य में धन-सम्पत्ति को बराबर-बराबर बँटवाया था। इस तरह के उदाहरण संसार के दूसरे हिस्सों में भी मिल सकते हैं। किन्तु जो साम्यवाद पूँजीवाद की असल दवा है, वह किसी व्यक्ति विशेष की उदाराशयता

का परिणाम नहीं हैं। इस तरह के उदारहृदय व्यक्ति तो ऐसा भी सोच सकते थे और इस बीसवीं सदी में भी सोच रहे हैं कि सभी खुराफ़ात की जड़ इन मशीनों को ही क्यों न दुनिया से विदा कर दिया जाय! जो साम्यवाद पूँजीवाद के रोग की परम औषधि माना जाता है, वह है साम्यवाद, अर्थात् साइंस-विज्ञानों के लाभों को लेते हुए उसकी तरक्की के रास्ते को खुला रखते हुए, पूँजीवाद द्वारा खड़ी की गई विपत्तियों को हटाना। जिस तरह बिजली के लैम्प को ऊपर से फेंक कर बुझाया नहीं जा सकता, उसी तरह साइंस द्वारा उत्पन्न की गई समस्याओं को अन्धी तपस्या से हटाया नहीं जा सकता। वैज्ञानिक साम्यवादियों ने यह भली-भाँति समझ लिया है कि विज्ञान के आविष्कार स्वयं बुरे नहीं हैं। जब इन आविष्कारों का इस्तेमाल वैयक्तिक नफ़े के लिए करना शुरू किया गया, तभी बेकारी की यह भारी समस्या पैदा हुई। इसीलिए वैज्ञानिक साम्यवादी कहते हैं कि विज्ञान के आविष्कारों को कुछ आदमियों के नफ़े के लिए इस्तेमाल न कर सारे समाज की भलाई के लिए इस्तेमाल करना चाहिए। यदि विज्ञान छह आदमियों के काम को एक आदमी के करने लायक कर देता है, तो पाँच आदमियों को काम से छुड़ा कर उन्हें भूखा नहीं मारना चाहिए, बल्कि काम के घंटों को उन छह आदमियों में बाँट देना चाहिए। छह आदमी जितने कपड़े को बारह घंटे में बना सकते थे, यदि मशीन द्वारा एक आदमी ही उतने कपड़ों को बारह घंटे में बना सकता है, तो उस बारह घंटे के काम को हम छह आदमियों में दो-दो घंटा कर के बाँट सकते हैं। बेकारी का यह बहुत ही अच्छा हल है जो साम्यवाद पेश करता है। इस बात से यह भी मालूम हो जाता है कि पूँजीवाद और साम्यवाद दोनों के ध्येय एक-दूसरे से बिलकुल उलटे हैं। दोनों ही विज्ञान के आविष्कारों को काम में लाने के पक्ष में हैं, किन्तु जहाँ पूँजीवाद कुछ आदमियों के नफ़े के लिए सारे मनुष्य-समाज के जीवन को नरक बनाने के लिए तैयार है, वहाँ साम्यवाद का ध्येय है कुछ मनुष्यों के स्वार्थ के लिए नहीं, बल्कि सारे मनुष्य समाज के लिए सुख-सामग्री की वृद्धि करना। जब तक चीजों को नफ़े के लिए तैयार किया जाता रहेगा, तब तक बेकारी के हटाने का नुस्खा-घंटों को बाँट कर सभी लोगों को काम देना-बरता नहीं जा सकता। वस्तुतः जैसे बाइसिकिल तभी तक खड़ी रह सकती है जब तक कि वह चलती रहे, इसी तरह पूँजीवाद तभी तक चल सकता है जब तक कि पूँजीपति को, वैयक्तिक को, नफ़ा होता रहे। नफ़ा उसके लिए जीवन-मरण का प्रश्न है।

आजकल दुनिया में सब जगह लोग तकलीफ ही तकलीफ में दीख पड़ते हैं। कारखाने वाले और व्यापारी ही बाजार की मन्दी की शिकायत नहीं करते, बल्कि गाँव के किसान और देशों में काम करने वाले मजदूर भी इसका अच्छी तरह से अनुभव करते हैं। शहरों के कारखाने वाले मजदूरों की भयंकर अवस्था के बारे में तो कुछ कहना ही नहीं। यूरोप और अमेरिका के औद्योगिक देशों में ऐसे बेकारों की संख्या करोड़ों तक पहुँच गई है। जिनके लिए जिन्दगी का बहुत जरूरी सामान मिलना भी मुश्किल हो रहा है। आये दिन वहाँ कितने ही स्त्री-पुरुष जीवन से तंग आकर आत्म-हत्या कर लिया करते हैं। आदमियों की इतनी भारी संख्या को इतने कष्ट में रख, कुछ थोड़े से आदमियों का सुखी रहना किसी भी दृष्टि से अच्छा नहीं कहा जा सकता।

पूँजीवाद का दुष्परिणाम बेकारी ही नहीं है। पूँजीवाद मनुष्य-जाति पर एक और भयंकर आपत्ति लाने का कारण हुआ है, और यह है महायुद्ध संसार की शन्ति को भंग करना। हर एक पूँजीवादी देश यह चाहता है कि उसके कारखाने बराबर चलते रहें; लेकिन कारखाने तो तभी तक चलते रह सकते हैं जब तक कि तैयार चीजें बिकती रहें। हम कह आये हैं कि उन्नीसवीं सदी के पहले पचास वर्षों तक दुनिया में बहुत से नये बाजार अछूते पड़े हुए थे, लेकिन पिछली एक सदी में बात बिलकुल ही बदल गई। अब तो चीजों की खपत के लिए कोई भी अज्ञात बाजार नहीं। वस्तुतः संसार के सभी व्यवसायरहित देशों को पूँजीवादी देशों ने आपस में बाँट लिया है। किसी समय इंग्लैंड दुनिया के अधिकांश बाजारों का मालिक था। फिर जर्मनी ने कारखानों को बढ़ा कर अपने लिए भी बाजारों को बढ़ाना चाहा। परिणाम हुआ पिछला भीषण यूरोपीय महायुद्ध। अभी यह युद्ध हो ही रहा था कि मैदान खाली पा अमेरिका और जापान भी बाजारों को हथियाने लगे। उनके कारखाने बहुत अधिक संख्या में चीजें तैयार करने लगे। लड़ाई के बन्द हो जाने के इतने दिनों बाद भी आज हालत क्या है? अगर अमेरिका की चीजों को इग्लैंड अपने साम्राज्य के भीतर नहीं आने देता–और आने देने का मतलब है अपनी चीजों की खपत को कम करना–तो अमेरिका मौका देखता रहता है कि कैसे हम इंग्लैंड के प्रभुत्व को हटायें। यही बात जापान के बारे में है और भी भयंकरता के साथ। असल में तो गिनी-चुनी दो रोटियाँ हैं और उनको खाने के लिये तैयार हैं दर्जनों मुँह!

संसार के राष्ट्र इस अशान्ति को अच्छी तरह समझ रहे हैं और यही कारण है जो निरस्त्रीकरण की इतनी चेष्टा हो रही है। तो भी जब तक अपने माल की खपत के लिये बाजारों की छीनाझपटी रहेगी, तब तक संसार के सिर पर लटकती हुई युद्ध की तलवार दूर नहीं हो सकती। बाजार और कच्चे माल के लिये नये देशों पर अधिकार जमाने के लोभ ने २१ साल बाद फिर जर्मनी को भाग्य परीक्षा के लिए मजबूर कर दिया और उसने दूसरे महायुद्ध को छेड़ दिया, उसने सोवियत संघ पर आक्रमण कर कैसे युद्ध के स्वरूप को बदल दिया, जैसे हम अन्यत्र लिख चुके हैं। अब तो पूँजीवाद ही दुनिया की बड़ी-बड़ी लड़ाइयों का एकमात्र कारण हो रहा है। बाजारों के कम होने का एक और भी कारण उठ खड़ा हुआ है। पहले जो देश उद्योग-धन्धों से रहित थे, वह भी बड़ी तेज चाल से अपने कल-कारखानों को बढ़ा रहे हैं। हिन्दुस्तान ही को ले लीजिए। जहाँ लड़ाई से पहले वह अपनी जरूरत के कपड़ों का पाँचवा हिस्सा भी मुश्किल से बना सकता था, वहाँ अब वह प्रायः सभी कपड़ों को अपने ही यहाँ तैयार कर लेता है। लालटेन, फाउन्टेनपेन, पेंसिल, बुश, ब्लेड, बैटरी, जैसी सैकड़ों चीजें हैं जो लड़ाई से पहले हिन्दुस्तान में तैयार नहीं होती थी, किन्तु अब उनके कितने ही कारखाने खुल गये हैं। इतनी चीजों के देश में बनने का मतलब है, दूसरे देशों से उतने बाजार का छीन लेना। पहले ऐसे बहुत से उद्योग-धन्धे रहित देश थे। जिनमें अब कारखाने बढ़ते जा रहे हैं। रूस, जो पहले बहुत कम चीजें तैयार करता था, अब दूसरा अमेरिका हो रहा है। चीन, तुर्की, ईरान, की बात छोड़ दीजिए, अब तो अफगानिस्तान, ईरान जैसे देशों में भी कारखाने खुल रहे हैं।

बाजारों की छीना-झपटी से संसार में युद्ध की आशंका की बात हम कह चुके हैं। मशीनों के प्रयोग से आदमियों का बेकार होना और नये-नये आविष्कार से बेकारी का और भी बढ़ना, फिर बाजारों की कमी रही-सही कमी को पूरा कर देती है। बेकारी की समस्या को अधिक भयंकर रूप देने के लिये यही काफी थे, लेकिन इसके ऊपर संसार में हर दसवें साल की जनगणना देखने से मालूम हो रहा है कि जनसंख्या बढ़ती ही जा रही है। सिर्फ भारत में ही सन् १९२१ से १९४१ तक के बीस वर्षों में छह करोड़ से अधिक आदमी बढ़े हैं। पूँजीवाद कुछ लोगों को धनी बना कर उनके लिए सुख और विलास की नई-नई सामग्री जुटा सकता है। अधिक मूल्यवान् मोटरों, जिनमें हाथ-पैर

हिलाना न पड़े, ऐसे महलों और उनके सजाने की हजारों चीजों, पेरिस से नित नये निकलने वाले फैशनों और इसी तरह की बहुत-सी विलासिता की वस्तुओं को वह जरूर हाजिर कर सकता है; किन्तु युद्ध और सार्वजनिक बेकारी की समस्याओं के हल होने की उससे आशा रखना दुराशा-मात्र है। यह समस्यायें तो वस्तुतः अब मनुष्य जाति के जीवन-मरण का सवाल बन गई हैं। युद्ध की आशंका को ही ले लीजिए। विज्ञान ने ऐसे-ऐसे हथियार, ऐसी-ऐसी विषैली गैसें, ऐसे भयंकर कीटाणु मनुष्य के हाथ दे दिये हैं कि वह यदि शान्ति का रास्ता न निकाल पाया, तो मानव-समाज का सर्वनाश होकर ही रहेगा। ख़याल कीजिए एक आदमी की जेब में स्याही की भरी फाउन्टेनपेन की जगह पर एक वैसी ही शीशे की नली में ऐसे भयंकर कीटाणु समूह है जिन्हें वह आदमी हवाई जहाज से उड़कर न्यूयार्क या लन्दन जैसे शहर में छोड़ देता है और कुछ ही घण्टों में इतने बड़े शहर मुर्दों के ढेर हो जाते हैं। यह काल्पनिक बातें नहीं हैं। युद्ध-सम्बन्धी वैज्ञानिक आविष्कार आजकल इसी तरह के हो रहे हैं।

पूँजीवाद के कितने ही और भी दुष्परिणाम गिनाये जा सकते हैं। पूँजीवाद का भयंकर परिणाम बहुत से व्यक्तियों को घोर दरिद्रता में रखना भी है। हम ऐसे कितने ही लड़कों को देखते हैं जिनमें उत्तम प्रतिभा है। यदि उनको अवसर मिलता, तो ये अच्छे गणितज्ञ, वैज्ञानिक, कलाकार हो सकते, मगर उनके माता-पिता के पास इतना धन नहीं कि वह अपने लड़के को उसकी रुचि और योग्यता के अनुसार आवश्यक शिक्षा दिला सकें। दूसरी ओर प्रतिभाहीन धनी सन्तानों को पढ़ाने लिखाने हजारों-लाखों रुपये बरबाद किये जाते हैं। पूँजीवाद की ही बदौलत वकालत जैसे व्यवसाय भी चल रहे हैं जिनके न रहने से मनुष्य-समाज की सुख-सामग्री में कुछ भी कमी नहीं हो सकती थी और जो प्रतिभा को दफनाने में कब्रिस्तान का काम देते हैं।

अनेक कारणों में से ये कुछ कारण हैं जिन्होंने संसार के साम्यवाद को जन्म दिया है।

क्या पीछे लौटा जा सकता है?

प हले और दूसरे अध्यायों में हम पूँजीवाद और साम्यवाद की उत्पत्ति पर लिख चुके हैं। पूँजीवाद से उत्पन्न कठिनाइयों का दिग्दर्शन कराते समय हमने लिखा था कि उनकी दवा साम्यवाद है। हम यह भी लिख चुके हैं कि पूँजीपतियों के वैयक्तिक नफ़े के लिए यन्त्रों का अधिक प्रचार, उनके अधिक सुधार तथा जनवृद्धि ने संसार में भयंकर बेकारी पैदा की है। वस्तुतः जनवृद्धि तो वह प्रश्न है जो भारत में पूँजीवाद के प्रचार न होने पर भी उपस्थित रहता। भारत की अक्षम्य दरिद्रता कैसे दूर की जाय, यह भी एक समस्या है जिस पर हम अगले अध्याय में लिखेंगे। इन समस्याओं का सामना हमारे देश में दो प्रकार के आदमी करते हैं–एक तो वे जो धन की बदौलत आराम की जिन्दगी बसर करते हैं; और साम्यवाद के हौवे ने जिनकी अक्ल को रात-दिन परेशान कर रखा है। यदि इस श्रेणी के लोगों में कुछ उदारता है और वे अपने पास-पड़ोस की नंगी-गरीबी को थोड़ी देर ख़याल में लाने के लिए मजबूर होते हैं; तो वे साम्यवाद को असंभव और अवांछनीय कह कर टाल देते हैं। और जो "आप सुखी तो जग सुखी" मानने वाले हैं, उनसे तो अकल रखते भी इन बातों पर विचार करने की आशा ही नहीं रखनी चाहिये। हाँ, एक दूसरी श्रेणी के लोग जो हैं, वे परिस्थिति की भीषणता को समझते हैं और चाहते हैं कि इसके लिए कुछ किया जाये। इनमें भी दो प्रकार के लोग हैं, एक तो यही साम्यवादी, जिनके दृष्टिकोण से यह पुस्तक लिखी गई है, और दूसरे वह जो कहते हैं– "क्यों न हम इस शैतानी खुराफ़ात यंत्रवाद को ही छोड़ उस पुराने युग में चलें जहाँ इन यंत्रों का नाम न था। जिस वक्त हर एक गाँव एक पूरा संसार था, जहाँ बढ़ई, लोहार, जुलाहा, किसान एवं स्वतन्त्रतापूर्वक हरे-हरे खेतों और शीतल उद्यानों से घिरे, प्रकृति की गोद में क्रीड़ा करते शांति और सन्तोष का जीवन बिताते

थे, जब कि उनके पड़ोस के तपोवनों में ऋषियों और महात्माओं के प्रशान्त आश्रम अपने आध्यात्मिक आनन्द और प्रेम से मनुष्य तथा पशु-पक्षियों तक को आप्लावित करते थे। जिन यन्त्रों के कारण हमारी वह सोने की दुनिया–वन सतयुग–छिन गया, हम फिर वही चले चलें।''

यद्यपि उस ''स्वर्णयुग'' की कृतियों–पिरामिड, चीनी दीवार आदि के इतिहास को पढ़ने वाले जरूर कहेंगे कि ऊपर के भावुकतापूर्ण मनोहर चित्र में तीन-चौथाई झूठ का रंग है, और दासता के उस प्रबल युग में मनुष्य का मूल्य उतना भी न था जितना कि आजकल इस घोर ''कलियुग'' में। तो भी थोड़ी देर के लिए हम इस चित्र को सच्चा ही मान लेते हैं। इसमें शक नहीं कि यदि हम दो-तीन हजार वर्ष पहिले जमाने में लौट जा सकें, तो पहिली दो समस्याएँ–यन्त्रों का प्रचार और सुधार–से उत्पन्न कठिनाई हल हो सकती है। लेकिन सवाल तो है, क्या हम पीछे लौटने के लिए स्वतन्त्र हैं? यन्त्र का आविष्कार एक मनुष्य के एक घण्टे दिमाग लड़ाने का फल नहीं है। इसका आरंभ बहुत पहिले से है, तभी से जबकि चतुष्पाद प्राणी चारों पैरों का काम पिछले दो पैरों के सुपर्द कर अगले पैरों को पृथिवी से स्वतन्त्र कर द्विपाद बन गया। अगले पैरों के डण्डे और पत्थर का फेंकना तो विकास की आगे की सीढ़ियों में से हैं। हम उन बातों को यहाँ दुहराना नहीं चाहते, जिन्हें हम अन्यत्र कह आये हैं। सारांश यह कि मनुष्य में मनुष्यता जब से आई तभी से वह यांत्रिक प्राणी है, भेद तो सिर्फ परिणाम का है। हमारे मित्र यन्त्रों की विकासधारा के पहिले भाग को नहीं ख़याल में लाना चाहते। वह समझते हैं, हाथ से परिचालित कुम्हार का चक्का, चरखा, रहट और रथ यन्त्र नहीं हैं, यन्त्र तो भाप, तेल या बिजली से चलने वाली कलें ही हैं।

अच्छा तो आप भाप, तेल या बिजली से चलने वाले यन्त्रों को–जो हो वस्तुतः हमारी वर्तमान विकट परिस्थिति के उत्पन्न करने में मुख्य कारण हैं–संसार से उठा देना चाहते हैं? किन्तु जानते हैं, यह यन्त्र और उनके मूल सिद्धान्त विद्वानों के दिमाग से निकले हैं। कैसे विद्वानों के दिमाग? जिन्हें जीवन भर के अनर्थक परिश्रम से यदि प्रकृति का एक भी अज्ञात नियम मिल जाता है, तो उनके लिए संसार में उससे बढ़ कर आनन्द की कोई भी वस्तु नहीं। यहाँ नहीं, यदि इस खोज को अनुचित समझा जाये, तो आपके हुक्म से आग की भयंकर लपटों में जलने तथा चखरी के पेंच में पिसने के लिए दो सौ वर्ष पहिले की भाँति आज भी वह सहर्ष तैयार है। और जब तक यह खुराफ़ाती दिमाग

जो ही वस्तुतः शैतान का लोहारखानां है–मौजूद रहेगा, तब तक आप यन्त्रों के अस्तित्व को कैसे मिटा सकते हैं? अब मालूम हुआ, पीछे लौटना उतना आसान और शान्तिमय नहीं है, जितना कि आप उसे समझ रहे थे। इसके लिए मनुष्य के सबसे ऊँचे दिमागों का कत्ले-आम करना होगा, और इसे हमारे शान्ति, भक्त सतयुग-यात्री कभी पसन्द न करेंगे।

हाँ, लेकिन वह कह सकते हैं–वैज्ञानिकों, और विचारकों के वध करने की आवश्यकता नहीं, हम उन्हें जीनें देंगे। लेकिन उनके आविष्कारों का, जिसमें लोग व्यवहार न करें, वैसा प्रबन्ध कर देंगे। फिर अपने आविष्कारों को निष्प्रयोजन होते देख वह स्वयं उधर सोचना छोड़ देंगे, और इस प्रकार थोड़े ही समय बाद दुनिया अपने इन भयंकर शत्रुओं से मुक्त हो जायेगी। या यदि ऐसे कुछ पागल सोचने से बाज नहीं आयेंगे तो एक तो रसायनशाला आदि की सुविधा न रहने से उनका काम असंभव नहीं तो कठिन जरूर हो जायेगा, और पूरा होने पर भी मदारी के खेल की भाँति वह एक मनोरंजन की सामग्री मात्र रह जायेगा।

इन जैसे विचारवालों को पहिले यह सोचना चाहिए कि वैज्ञानिक चीजों को व्यवहार में लाने वाले कौन हैं? और क्या उनमें ऐसी शक्ति है जिससे कि उन लोगों को उनकी उस नाजायज हरकत से बाज रखा जा सके। इन खोजों का इस्तेमाल करने वाले हैं, दुनिया के करोड़पति, अरबपति व्यवसायी व्यापारी जिनके विमान आसमान में वायुगति से दौड़ते हुए देशों के अन्तर और विस्तार को शून्य-सा बना रहे हैं, जिनके तीस-तीस, चालीस-चालीस, हजार टन के जहाज समुद्र के कलेजे को चीरते चीजों को मिट्टी के मोल पर एक देश से दूसरे देश पहुँचा रहे हैं, जिनकी रेलें, मोटरें और हजार तरह की दूसरी चीजें जीवन की अत्यन्त आवश्यक सामग्री बन गई हैं। इन सबके साथ सबसे बड़ी बात यह है कि दुनिया का शासन आजकल उनके ही हाथ में है, इसीलिए आप शक्ति से उन पर काबू नहीं पा सकते। आप का तर्क थोड़ी देर के लिए उनके मनोरंजन की सामग्री हो सकती है। यदि आप उसे रस्किन या गांधी के मोहक शब्दों और शक्लों के साथ पेश कर सकें। और हो सकता है, कोई-कोई खाली वक्त में आप के इस सर्मन को सुनने के लिए तैयार भी हो जायें। इंग्लैंड-अमेरिका के गोला-बारूद के तैयार करने वाले कारखाने–जिनमें निरस्त्रीकरण सभाओं में गला फाड़-फाड़ कर लेक्चर देने वाले राजनीतिज़ों और उनके संबन्धियों की बहुत-सी पूँजी लगी हुई है– जब मनुष्य-संहारक अस्त्रों को, अपने देश की रक्षा के लिए नहीं, जापान और चीन

की युद्धाग्नि में आहुति देने के लिए, राष्ट्र सभा के मना करने पर भी बेचने से बाज नहीं आ सकते, तो क्या आशा रखते हैं कि आप के सूखे सर्मन से वह सुई से लेकर जहाज तक तैयार करने वाले अपने कारखाने को बन्द कर देंगे? और उनके धन से पोषित दास-पुरोहित वर्ग आपको चुपचाप निकल जाने देगा?

यन्त्रों का बहुत भारी इस्तेमाल तो सभी देशों की सरकारें करती हैं। रेल, विमान, जहाज, तोप, तारपीडो, बेतार उनके लिए जीवन-मरण का प्रश्न है। जब तक पड़ोसी के पास यह चीजें रहेंगी, तब तक कोई सरकार उन्हें छोड़ कैसे सकती है? चंगेजखाँ की सेना प्रशांत महासागर में डेन्यूब तट तक क्यों विजयी हुई? क्योंकि उनके हथियारों में बारूद शामिल हो गई थी। भारत में बाबर की विजय में भी एक प्रधान कारण वह बारूद की तोपें थी जो उस समय पहले-पहल भारत में इस्तेमाल की गई। यूरोप वालों की एशिया में विजय का कारण उनमें लोहे का कड़ा होना-अर्थात् उनके पास अधिक शक्तिशाली सुधरे आग्नेय-अस्त्रों का होना भी है। ढाई हजार वर्ष पूर्व भारत में लकड़ी की दीवारों के किले रक्षा के लिए पर्याप्त थे, जैसे तीरों के प्रहार के लिए वह उसी प्रकार पर्याप्त थे जैसे कि आग्नेय अस्त्रों के जमाने से पूर्व जिरह-बख्तर। फिर जैसे-जैसे हथियारों की शक्ति बढ़ती गई वैसे ही वैसे ईंट, पत्थर आदि की अत्यन्त मोटी दीवारों वाले किले बनने लगे। तोपों के अत्यन्त शक्तिशाली होने पर तो फौलादी किलों की जरूरत पड़ी, किन्तु ऐण्टवर्प जैसे अभेद्य सुदृढ़ फौलादी किलों को जर्मन तोपों ने २४ घण्टे में उड़ा फेंका। आजकल विमानों के युग में तो वह किले भी बेकार से हो गये हैं। इस वक्त जबकि हर गवर्नमेण्ट सद्यः आविष्कृत हथियारों से अपने को सुसज्जित करना चाहती है, आपकी बात कौन सुनने के लिए तैयार होगा?

मान लीजिए, किसी देश की अकल का दिवाला निकल गया और वह तैयार हो जाये सारे यन्त्रों के बायकाट करने को तो उसकी गति क्या होगी? वही जो कोङ्गो के हब्शियों की है। वह किसी बलशाली शक्ति का हमेशा के लिए गुलाम बन जायेगा। संभव है, वह शक्ति आप जैसे सौ-पचास आदर्शवादियों को आत्म-शुद्धि के लिए वन में तप और उपवास करने की सुविधा दे दे, किन्तु देश के लोगों को तो सुख और आशा के जीवन को सदा के लिए भुला ही देना होगा, क्योंकि मुक्ति यदि कभी हो सकती है, तो वह विज्ञान ही की सहायता से, किन्तु आपने उन्हें उससे वंचित कर दिया।

इस प्रकार कोई ईमानदार सरकार भी आत्म रक्षा के लिए अत्यन्त आवश्यक साधनों, सामरिक महत्त्व के यन्त्रों को छोड़ने के लिए तैयार नहीं हो सकती। फिर कौन यन्त्र सामरिक महत्त्व का नहीं है, इसे कोई नहीं कहता। वस्तुतः यदि किसी देश की पार्लियामेंट में कोई सतयुगवादी इस तरह का कानून पेश करे कि सामरिक महत्त्व न रहने वाले सभी यन्त्र देश में वर्जित ठहरा दिये जायें; तो वह सरकार की ओर से शायद बिना विरोध के पास हो जायेगा; क्योंकि सरकार आसानी से बतला सकेगी कि कोई नरी यन्त्र सामरिक महत्त्व से खाली नहीं है। हाँ, यदि कानून छापने के कागज-स्याही की फजूलखर्ची का ख़याल आ जाये और राष्ट्रीय मितव्ययिता के विज्ञापन के साथ एक ही लिफाफा अनेक बार इस्तेमाल करने वाली सरकारों के युग में ऐसा हो सकता है–तो वह रुकावट भी डाल अकती है।

इस प्रकार स्पष्ट है कि आपके सतयुग की ओर लौटने के लिए व्यवसायी तैयार हो सकते हैं, न उनकी सरकारें। हाँ, हम मानेंगे, जब नकटे पन्थ के लिये भी अनुयायी मिल सकते हैं, तो आपके निःस्वार्थ शुद्धभाव से निकले विचारों को कार्य रूप में परिणत करने वाले कुछ आदमी क्यों न मिल जायेंगे। और यदि उनके पास रुपया होगा, तो नंगापथियों की भाँति शहर से बाहर वे भी अपना उद्यान, आश्रम या बस्ती बसा सकते हैं।

पीछे लौटने में दो सबसे बड़ी बात और हटाने में असंभव-सी कठिनाइयों को हम कह चुके। इनके अतिरिक्त और भी कितनी ही बातें बतलाई जा सकती हैं। वैसा करने के लिए ज्ञान के प्रसार में आजकल अत्यन्त सहायक प्रेस, अखबार तथा दूसरे यन्त्रों से जितनी मदद मिलती है, उसे भी छोड़ना होगा। और फिर ताल के पत्रों, लकड़ी के तख्तों और चमड़ों पर लिखाई-पढ़ाई शुरू करनी होगी। पुस्तकों के अभाव में फिर पहले की तरह विद्या को बहुत कुछ कंठस्थ ही करके रखना होगा। पहिले तो लाचार हो वैसा करना पड़ता था, और अब सुगम साधनों को अपनी आँखों के सामने देखकर वैसा करना उतना आसान नहीं है, जैसा कि जीभ से कहने से मालूम होता है।

यन्त्रों द्वारा उत्पन्न बेकारी की समस्या को आप का सतयुग की ओर लौटना कुछ हद तक हल कर सकता है, यदि आप वैसा करने में सफल हों। लेकिन बेकारी का एक और भी कारण है वह है जनवृद्धि। संसार में कुछ थोड़े से उद्योग प्रधान देशों को छोड़ सभी जगह मनुष्य-संख्या बढ़ रही है; और बड़ी भयंकरगति से। १९४१ ई० की जन-गणना से मालूम होता है कि गत २० वर्षों में भारत की जनसंख्या में ६ करोड़ से

अधिक की वृद्धि हुई है। युक्त-प्रान्त और बिहार के अधिकांश जिलों में यह हालत है कि आदमी-पीछे चौथाई एकड़ खेती-लायक भूमि मुश्किल से मिलेगी; और वहाँ पर जंगल या पर्ती जमीन भी इतनी नहीं कि नये खेत बनाये जा सकें। आप बिहार के सारन और युक्त प्रान्त के गोरखपुर जिलों को ले लीजिये, जहाँ खेती लायक १/५ एकड़ भूमि भी आदमी पीछे नहीं पड़ती। वहाँ के लाखों आदमी कलकत्ता और दूसरे शहरों के कारखानों में काम करते हैं; तब भी वहाँ की गरीबी बयान नहीं की जा सकती। आपने सतयुग में भी खाने कपड़े से बेफिक्र होने के लिये आदमी-पीछे दो एकड़ खेत तो जरूर चाहिये और गोचर भूमि तथा ऋषियों के आश्रम का यदि इंतजाम किया गया, तब तो उसे और बढ़ाना होगा। फिर यह जमीन कहाँ से आयेगी? जमीन को बढ़ाना संभव नहीं, तो खाने वालों की संख्या को कम कर देना होगा। क्या आप सारन जिले की चौबीस लाख की आबादी को पाँच लाख करने का नुसखा बतला सकते हैं? शायद आप सन्त-ति-निरोध के भी पक्षपाती न होंगे और हिंसा के रास्ते को तो कभी भी स्वीकार न करेंगे। यदि आपने एक बार दिल पर पत्थर रख किसी तरह घटाकर संख्या पाँच लाख कर भी दी, तो भी क्या ठीक है कि पाँचवीं पीढ़ी तक बढ़कर वह फिर उतनी ही नहीं हो जायेगी?

जनवृद्धि रोकने में कल-कारखानों का प्रचार सहायक हुआ है। इंग्लैंड, फ्रांस आदि यन्त्र प्रधान देशों में जनवृद्धि रुक-सी गई है। सन्तति-निरोध और यन्त्रवाद को मानने वाले साम्यवादी इसकी ओर से चिंतित नहीं हो सकते, किन्तु पीछे लौटने वाले सतयुगवादी इसे हल नहीं कर सकते। उनके संयम और ब्रह्मचर्य के नुसखे शायद एकाध के लिए लाभदायक हों, वह समाज में पाखंड तथा गुप्त अपराधों की सृष्टि जरूर कर सकते हैं।

हाँ, आप कह सकते हैं कुछ हम करेंगे, और कुछ भगवान् भी तो हमें सहायता देंगे? नहीं जनाब! आप स्वयं कुछ मत करें, भगवान् पर ही सबको छोड़ दें। ऐसा ही क्यों नहीं मन को समझा लेते कि साम्यवादी जो कुछ कर रहे हैं–वह भगवान् ही कर रहे हैं, ईश्वर के बारे में हम आगे कहेंगे, इसलिए यहाँ पर इतना ही बस है।

इतना लिखने से यह मालूम हो गया कि पीछे की ओर भागना हमारे लिए असंभव है, हमें समस्याओं का सामना आगे बढ़कर करना होगा।

हमारी भयंकर दरिद्रता की दवा साम्यवाद

तीसरे अध्याय में हम कह चुके कि क्यों हमारे लिये अब पीछे लौटना असंभव है। पेटभरे फुर्सत वाले लोगों के हाथ में जब कलम होती है, तो वह भारत को भूस्वर्ग चित्रित करना चाहते हैं। यदि भारत से मतलब कुछ सौ राजा-महाराजाओं तथा धनियों और जर्मीनदारों में से है, तब तो यह बात कुछ हद तक ठीक हो सकती है। भारत को अपनी आँखों से न देखे बहुत से यूरोप के नर-नारी भी हमारे देश के राजाओं को देख, वैसा समझने की गलती करते हैं। किन्तु, क्या वास्तविक अवस्था ऐसी है? भूस्वर्ग तो दूर, भारत के बहुसंख्यक आदमी जैसी दरिद्रता में हैं, उसका बाहरवालों को अनुमान भी नहीं हो सकता। यूरोप के लोग जिन्दगी को किसी तरह काट लेने अथवा भूखे मरने से अपने को बचा रखने को "रोटी मक्खन पर दिन काटना" के नाम से कहते हैं। हमारे यहाँ के गरीबों के लिए तो वह सपने की बात है। यहाँ तो वे फसल कटाने के समय ही पेटभर रूखा-सूखा खा सकते हैं। बाकी समय में कैसे गुजारा करते हैं, इसका समझना मुश्किल है। बिहार और युक्त प्रान्त के देहात के गरीबों को देखिये। चैत में फसल काटते वक्त मजदूरी, भिखमंगी या खेत में छुटी बालों को चुनने से उनका पेट जरूर भर जाता है, किन्तु आधे वैशाख से ही अवस्था बिगड़ने लगती है। आषाढ़ पहुँचते-पहुँचते तो उनका चैत का हरा शरीर सूख जाता है और फिर बरसात के आरम्भ के साथ चकवँड़, करमी आदि के उबले साग उनके जीवन-यापन के प्रधान आश्रय बन जाते हैं। हाँ, यदि उस साल आमों की फसल हुई, तो उनकी गुठलियों की रोटी भी उन्हें मिल जाती है। उनकी गरीबी का "बारहमासा" यदि बनाया जाये, तो साल के दो-तीन मासों को छोड़ यही करुण कहानी वर्ष भर चलेगी: ऐसे

आदमी शहरों और स्टेशनों पर आसानी से मिल जायेंगे जो आप के फेंके जूठे टुकड़ों को कुत्ते के मुँह से छीनकर खा डालते हैं। आप उनको तब तक काम न करने का ताना नहीं मार सकते जब तक देश के करोड़ों बेकारों को काम दिलाने के प्रबन्ध नहीं कर देते। हमारा देश सौभाग्यवान् है जो इतना सर्द नहीं; अन्यथा लोग कपड़ा खरीदने में जिस तरह असमर्थ हैं, उससे तो हर साल लाखों आदमियों को जाड़ा उठा ले जाता। लाखों आदमी कोपीन, एक फटी धोती, या बहुत हुआ तो धोती-अँगोछी के साथ, क्या खुशी से रहते हैं? यदि उन्हें शरीर ढाँकने के लिए पूरे कपड़े मिलें, तो क्या वह उसे फेंक देंगे? कितने ही हमारे शिक्षित भाई उनके मैले कपड़ों पर नाक-भौं सिकोड़ते हैं। जिससे मुश्किल से पेट काट दस आने पैसे जमाकर घोती खरीदी, भला वह हर आठवें रोज एक पैसा साबुन के लिए कहाँ से लायेगा? यदि कोई थोड़ी कंजूसी से काम लेता है, तो वह भी तो भविष्य के अंधकारमय होने के कारण।

और बीमारी?–वह तो इन लोगों के लिए मौत का परवाना लेकर आती है। मुझे गाँव के एक गरीब घर का अपना अनुभव है जो कि कुछ पुड़िया कुनैन और दो-तीन सप्ताह के मामूली पथ्य भोजन के अभाव में तीन-चार वर्षों के भीतर खतम हो गया। भारत के कोने-कोने में ऐसे लाखों उदाहरण मिल सकते हैं।

यह तो हुआ जीवन की अनिवार्य तथा आवश्यक चीजों के बारे में। मनुष्य बनने के लिए शिक्षा की आवश्यकता होती है। सरकार गाँव-गाँव में स्कूल नहीं खोल सकती, कहती है–खजाने में रुपया नहीं। क्या उसका भी कारण लोगों की गरीबी नहीं है? यदि सब जगह स्कूल खोल भी दिये जायें, तो क्या सब लोग अपने लड़कों को पढ़ने के लिए भेज सकते हैं? छह-छह, सात-सात वर्ष के लड़कों को भी तो गाय-बैल चराकर या बच्चा खेलाकर अपना पेट भरना पड़ता है। फिर स्कूल में जाने पर उन्हें खाना कपड़ा कहाँ से मिलेगा?

संक्षेप में, हमारे यहाँ की गरीबी दुनिया में मिसाल नहीं रखती। हमारे लोगों ने चूँकि दुनिया के और देशों को देखा नहीं, इसलिए वे अपने ही भीतर गरीबी का तारतम्य देख और तकदीर समझ उसे सह लेते हैं।

इस गरीबी के कारणों में से कुछ तो ऐसे हैं जिनके बारे में पाठकों ने बहुत पढ़ा-सुना होगा। लोग सारी बातों का दोष विदेशी शासन के मत्थे मढ़ छुट्टी ले लेना

चाहते हैं। वह समझते हैं, स्वराज्य होते ही हमारे सब संकट दूर हो जायेंगे। क्या स्वराज्य प्राप्त देशों में गरीबी से तंग आकर हर साल हजारों आदमी आत्म हत्या नहीं करते? यदि वह विदेशी शासन और व्यापार के लिए देश से बाहर जाने वाले धन को भारत के पैंतीस करोड़ आदमियों में बाँट कर देखें, तो मालूम होगा कि वैसा करने से भी लोगों की आमदनी में उतनी वृद्धि न होगी जिससे वह साधारण मनुष्य-जीवन व्यतीत कर सकेंगे। यदि स्वराजी सरकार ने उद्योग-धन्धों की मदद की तो इसमें शक नहीं कि हालत कुछ सुधरेगी, फिर भी हमारे अधिकांश देशवासी यूरोप के गरीबों से भी निकृष्ट अवस्था ही में रहेंगे।

हमारे देश की गरीबी ऐसी नहीं है जिसका इलाज न हो। सभी साधन रहते भी हम बेबस हैं, क्योंकि हम उन साधनों का इस्तेमाल कर नहीं सकते। मनुष्य का श्रम ही तो धन है। भारत के पैंतीस करोड़ आदमियों में अठारह करोड़ आदमी तो अवश्य काम कर सकते हैं। आजकल उनमें से थोड़े तो धनी होने के कारण काम करने में अपनी हतक समझते हैं। यही नहीं, उनको अपने शरीर की देख-भाल, सेवा टहल के लिए भी दर्जनों आदमी चाहिए। वह स्वयं भी काहिल हैं और दूसरे के काम के भी चोर। लेकिन जो लोग काम कर सकते हैं, क्या उन सबको काम मिलता है? किसी पूँजीवादी देश में सबको काम मिल ही नहीं सकता। मिल-मालिकों और जमींदारों को एक परिमित संख्या में ही मजदूर चाहिए। राजा-महाराजों, सेठ साहूकारों के खिदमतगारों का काम उत्पादक-श्रम नहीं है, क्योंकि उनके काम से मनुष्य जीवन के लिए आवश्यक कोई चीज उत्पन्न नहीं की जा सकती। आखिर श्रम और वेतन एक-दूसरे पर आश्रित चीजें हैं। जब श्रम खाने पहिनने, रहने की चीजों को पैदा करता है, तो श्रमिक को यह चीजें रुपये पैसे के संकेत से वेतन के रूप में मिलती हैं। जितनी ही जीवन की उपयोगी चीजें अधिक परिमाण में पैदा होंगी, उतनी ही वेतन में पराखदिली होगी, लेकिन पूँजीवाद तो सभी कामों को करता है नफ़े की दृष्टि से। नफे के रास्ते की कितनी ही रुकावटों को हम पहले कह आये हैं जिसके कारण पूँजीवाद राष्ट्र के सभी के श्रम को इस्तेमाल नहीं कर सकता। यही वजह है जो पूँजीवाद में श्रम का अपव्यय और नाश बहुत भारी परिमाण में होता है। हम यहाँ एक उदाहरण देते हैं। जनवरी, १९३४ में बिहार में भीषण भूकम्प आया। शहर और देहात के लाखों घर, आने-जाने की सड़कें और पुल नष्ट

हो गये। उनका फिर से बनना अब एक पीढ़ी का काम समझा जा रहा है। यह क्यों? क्या बिहार में पत्थर, ईंट, कंकड़, लकड़ी और लोहे का अभाव है? क्या काम करने वालों की कमी है? नहीं, अकेले उस पीड़ित इलाके में ही एक करोड़ आदमी बसते हैं जिनमें से आधे कोई न कोई काम जरूर कर सकते हैं। मुंगेर के आस-पास पत्थरों के पहाड़ हैं। तराई का साखुओं का जंगल भी बहुत दूर नहीं है। इसी प्रकार झरिया की खानें–जिनका बहुत-सा निकाला हुआ कोयला बेकार पड़ा रहता है, और टाटा का लोहे का कारखाना भी बहुत दूर नहीं है। तब क्या बात है जो उजड़े बिहार को बसने के लिए एक पीढ़ी तक प्रतीक्षा करनी पड़ेगी? क्योंकि उक्त सभी चीजें राष्ट्र की न समझी जाकर कुछ व्यक्तियों की समझी जाती हैं और वह व्यक्ति या पूँजीपति नफ़े के बिना उन चीजों के इस्तेमाल करने की आज्ञा नहीं दे सकते। श्रम का मूल्य तो वह नफ़ा देखकर लगाते हैं। यदि पूँजीपतियों को उससे कुछ अधिक नफ़ा हो जितना की पचास लाख आदमियों की मजदूरी में देना पड़ेगा; तो प्राप्त होने पर काम में लगाने के लिए पूँजी दी जा सकती है। किन्तु इसकी वहाँ सम्भावना ही नहीं है। बनी चीजें राष्ट्रीय धन में वृद्धि करेंगी, यह तो उन्हें ख़याल ही हो सकता है। फलतः इस व्यक्तिगत सम्पत्ति, इस पूँजीवाद और उसके नफ़े के सौदे के कारण बिहार को बसने के लिए अभी वर्षों तक प्रतीक्षा करनी होगी।

यदि आज बिहार में साम्यवादी शासन होता, तो क्या होता? वह भूकम्प के दूसरे ही हफ्ते काम करने लायक पचास लाख आदमियों को पुनर्निर्माण के काम में लगा देता। यदि एक-एक आदमी पचास-पचास टोकरी मिट्टी भी उठाता तो एक दिन में पचीस करोड़ टोकरी मिट्टी सड़कों पर रखी, या खेतों से हटायी जा सकती थी। फिर जो पानी के रास्ते बालू से भर गए थे, उन्हें साफ करते कितना समय लगता? बरसात खतम होते ही यदि पचास लाख आदमी मकानों और उनके लिए उपयोगी सामान बनाने में लग जायें तो उजड़े बिहार को पहिले से भी सुन्दर, स्वास्थ्यप्रद घरों, सड़कों और पुलों से सुसज्जित करने में क्या एक-डेढ़ वर्ष से ज्यादा लगता? वेतन का सवाल? सभी जीवन की आवश्यक चीजें तो बिहार ही में तैयार होती हैं, फिर उनका विनिमय कोई मुश्किल न था। साम्यवादी सरकार एक आदमी को एक रुपये का नोट प्रतिदिन देती जो उसके काम का प्रमाण भी होता और साथ ही साथ उससे

वह आवश्यक चीजें खरीद सकता। ज्यादा से ज्यादा यही होता कि एक वर्ष के लिए खाने-पहिनने की चीजें बाहर के प्रान्तों से मंगानी पड़तीं। यदि पड़ोसी प्रान्त साम्यवादी न होते तो इससे उनके बाजार की बन्दी ही कुछ कम होती। बाद में तो बिहार खुद स्वावलम्बी हो जाता और सहायकों की जरूरत पड़ने पर उसी प्रकार सहायता करता।

साम्यवाद का ध्येय है, सारे देश या विश्व को एक सम्मिलित परिवार बना देना और देश की सारी सम्पत्ति को उस परिवार की सम्पत्ति करार कर देना। भारत-जैसे देश में जहाँ कि जीवन की सभी आवश्यक चीजें उत्पन्न की जा सकती हैं–काम है; वार्षिक आवश्यकता का अंदाजा लगाकर उसके उत्पादन के लिए सारे परिवार के आदमियों में काम बॉट देना है। और फिर उत्पन्न चीजों को भी आवश्यकतानुसार दे देना है। स्वस्थ आदमी को खाना कपड़ा, स्वच्छ मकान, बीमार के लिए दवा और पथ्य और लड़कों के शिक्षा का भी प्रबन्ध हो गया, बस काम खतम। नफ़ा तो दूसरे की मेहनत की चोरी का प्रतिष्ठित नाम है। उसके लिए साम्यवाद में स्थान नहीं है।

इस तरह मालूम हुआ कि हमारी भयंकर दरिद्रता का अन्त साम्यवाद ही कर सकता है, क्योंकि वही सदुपयोग के साथ सभी लोगों को काम दे सकता है।

हमारे सामाजिक रोग और साम्यवाद

पुस्तक की भूमिका में यह संक्षेप में कह चुके हैं, कैसे भारत में प्राग्द्रविड़ीय, हब्शी, द्रविड़, आर्य—इन चार जातियों का सम्मिश्रण हुआ। कैसे आर्यों के आने पर आज से साढ़े तीन हजार वर्ष पूर्व काले-गोरे या शूद्र-आर्य का प्रश्न उठा। आर्य विजेता थे। वह अपनी सब बातों पर अभिमान करते थे। वह साम्यवादी तो थे नहीं कि विजेता और विजित के भेद को भुला देते। उनके शरीर का रंग-रूप भी विजितों से भिन्न था। वह नहीं चाहते थे कि काले, नाटे, चिपटी नाक वाले अनार्यों के संसर्ग से उनका गोरा रंग, लम्बी नाक ऊँचा कद बिगड़ जाये। इन भावों ने समय-समय पर उग्र रूप धारण किया होगा और इसके कारण उस अन्धकारपूर्ण अतीत में अमेरिका की भाँति कई बार इस भूमि पर भी लेंचिड की होली जरूर खेली गई होगी। अपमान और भेद-भाव भरे बर्तावों को हटाने के लिए यदि इस बीसवीं सदी के मध्य में भी जब इतने आन्दोलन की आवश्यकता है, और वह भी घोर विरोध और कटुता से खाली नहीं है, तो उस समय अवस्था कैसी भयंकर रही होगी, इसका अनुमान सहज ही हो सकता है। और उसकी कुछ सूचना तो आर्यों के अपने पुराने ग्रन्थ भी दे सकते हैं।

हाँ, तो आर्यों के इस सारे अभिमान का कारण उनका गोरा रंग और विजेता होना था। भारत में यह रंग या वर्ण का प्रश्न साढ़े तीन हजार वर्ष पुराना है। सामाजिक बहिष्कार के कड़े होने पर भी नित्य के सहवास से आखिर रक्त-सम्मिश्रण हुआ ही। वर्णाश्रम धर्म के कट्टर पक्षपाती आजकल के मद्रासी ब्राह्मणों में अधिकांश का रंग ऐसा है कि उन्हें देखते ही सप्त-सिन्धु के आर्य कवषऐलूष की भाँति शूद्र कह कर निकाल देते। आज तो आर्यों की किसी भी उपजाति को ले लीजिए, उनके

बहुत से आदमियों में अनार्यों का रंग-रूप जरूर मिलेगा। साथ ही अनार्य जातियों में बहुसंख्यक स्त्री-पुरुष ऐसे मिलेंगे जो रंग-रूप में आजकल के अच्छे रंग-रूप वाले आर्य-सन्तानों के समान हैं। इस प्रकार आजकल वर्णों (रंगों) की संकरता (सम्मिश्रण) इतनी हो गई है कि वर्ण भेद का पुराना कारण अब है ही नहीं। आज पराजित होने पर पुराना विजेता होने का अभिमान भी हास्यास्पद है। इतना होने पर भी वह भाव अभी तक वैसे ही है।

आर्य-अनार्य का भेद चला ही आता था, पीछे और हजारों जातियों के स्थापित होने पर तो अवस्था और बुरी हो गई। किसी समय यह अलग-अलग जातियाँ कमी-बेशी आर्य रुधिर और व्यवसायों के कारण बनी थीं। उस समय कम से कम आर्यों में पारस्परिक विवाह तथा दूसरे सम्बन्ध हुआ करते थे जिसके कारण इन जातियों का बिलगाव उतना न था; किन्तु आज तो सभी जातियों का अपना बिलकुल स्वतन्त्र संसार है। उनका शादी-ब्याह, मरण-जीवन अपनी जाति तक ही सीमित रहता है, फिर दूसरी जाति की अपेक्षा अपनी जाति में अपनापन अधिक क्यों न हो? तो भी पहिले जातीयता का भाव इतना न था। किन्तु पिछली शताब्दी के अन्त से उन्होंने अपने-अपने अलग-अलग जातीय संगठन करके, दूसरी जातियों से पृथक् रहने के लिए गहरी खाई खोद ली है। आज इसके फलस्वरूप सार्वजनिक जीवन में बड़ी घृणित गुटबंदी आ गई। प्रान्तों से लेकर जिलों तक में जातियों की दलबन्दी देखी जाती है। जिधर सुनो, उधर ब्राह्मण पार्टी (इसमें भी मालवी, काश्मीरी, मैथिल, कान्यकुब्ज आदि), कायस्थपार्टी (उनमें भी माथुर, श्रीवास्तव आदि), राजपूत पार्टी, भूमिहार पार्टी जैसे नाम सुनने में आते ही नहीं हैं, बल्कि जाति के नाम पर उन्हें सफेद को स्याह और स्याह को सफेद करते देखा जाता है। सभी बातों में एक योग्य आदमी प्रोफेसरी या डिप्टी कलेक्टरी नहीं पा सकता और उससे बिलकुल अयोग्य व्यक्ति उसमें कामयाब जो जाता है। वजह है–अयोग्य व्यक्ति उस जाति का है जिसमें कि सिफारिश करने के लिए वारसूख या उच्चपदस्थ आदमी मौजूद है। राजकीय नौकरियों ही में नहीं, कई जगह तो शिक्षण-संस्थाओं तक में यह भयंकर रोग चला आया है और परीक्षक लड़कों को अच्छी श्रेणी में पास करने में जाति का ख़याल देखते हैं। व्यापार और दूसरे क्षेत्रों में ऐसा पक्षपात तो खानगी बात कह कर टाला जा सकता है।

जातियों की भाँति प्रादेशिकता का भेद भी भारत में कम कड़वा रूप नहीं धारण कर रहा है। यहाँ भी वही कुत्सित पक्षपात देखा जाता है। किसी जगह एक आदमी पहुँच गया, बस योग्य-अयोग्य का ख़याल न कर अपने प्रान्तवासियों को भरने की कोशिश करता है। जाति-भाई की भाँति प्रान्त-भाई के लिए कोई बेईमानी अकरणीय नहीं है। एक विश्वविद्यालय के अध्यापक के बारे में कहा जाता है कि वह कभी दूसरे प्रान्तीय को अच्छे नम्बर में नहीं पास करता। दूसरों के लिए कहा जाता है कि उसने अपने प्रान्त भाई की नियुक्ति के लिए उसके नाम से निबन्ध तक लिख दिया। ऐसे लोगों को यदि नजदीक से देखें, तो आप को मालूम होगा कि वह बुरे नहीं हैं, बल्कि आज तो आदर्श सज्जन हैं तो भी वह ऐसा करने पर मजबूर क्यों होते हैं? राष्ट्र के इस प्रकार के दूषित विभाजन के कारण।

काँसिलों, डिस्ट्रिक्ट-बोर्डों और म्युनिसिपैलिटियों के चुनावों के वक्त इन जाति, प्रान्त आदि भेदों के कारण कितनी गंदगी फैली है, इसके कहने की आवश्यकता नहीं। आगे हम धर्म-सम्बन्धी हानियों को बतलावेंगे, किन्तु यह जाति और प्रान्त के भेद तो धर्म-सम्बन्धी भेद से भी अधिक जबर्दस्त हैं।

साम्यवाद को छोड़, इनके दूर करने का क्या कोई उपाय है? नहीं, क्योंकि आर्थिक लाभ और प्रभुता के स्थानों के प्राप्त करने की सभी को चाह है। उस चाह की पूर्ति के लिए जो भी काम हो, आदमी करने के लिये तैयार हो जाता है। विवाह आदि के कारण सम्बन्ध के घनिष्ठ होने से जाति और प्रान्त की दुहाई उसके अपने अभीष्ट में अधिक सहायक मालूम होती है और उससे वह फायदा चाहता है। यह ऐसा फायदा है जिसमें बड़े-बड़े सिद्धान्तवादी तक फिसल जाते हैं।

यह सब तब हो रहा है–जब हर एक विचारशील भारतीय आसानी से जान सकता है कि उसके देश को पतित और पददलित करने में सबसे प्रधान कारण जातिभेद की बुरी प्रथा है जिसने जाति को अनेक टुकड़ों में बाँटकर बिलकुल निर्बल कर दिया है। आप भारतीय इतिहास से किसी भी बड़े राष्ट्रीय प्रभाव को ले लीजिए, उसमें जाति-भेद को मूल कारण के तौर पर जरूर पायेंगे। असाम्यवादी राष्ट्रीय विचार के लोग भी इस भयंकर रोग को समझते हैं। वह जानते हैं कि जब तक हम इस रोग से मुक्त नहीं होते, तब तक स्वतंत्र साँस लेना हमारे लिए सम्भव नहीं। तभी तो वह अछूतोद्धार या जात-पाँत तोड़ने में सरगर्मी दिखला रहे हैं।

लेकिन सवाल यह है–यह आन्दोलन जो साम्यवाद को अपने पास तक भी भटकने नहीं देते-क्या राष्ट्र के एकीकरण में सफल हो सकते हैं? नहीं, यह सम्भव नहीं, क्योंकि जाति और प्रान्त के भेद अब सामाजिक भेद-मात्र नहीं रह गये। अब तो इसके साथ आर्थिक भेद सम्मिलित हो गये हैं। आखिर ऊँची जाति के समझदार लोग अछूतों के उद्धार की ओर इतनी सरगर्मी क्यों दिखला रहे हैं? वह समझते हैं–अब शिक्षा प्रचार और विदेशियों के संसर्ग से उन लोगों में भी आत्म-सम्मान का भाव आ गया है, अब वह पीढ़ियों के अपमान को और अधिक सहन करने के लिये तैयार नहीं हो सकते। लेकिन बड़ी जातिवालों के मन्दिरों और कुओं के खोल देने से वह असंतोष, वह भेद क्या मिटाया जा सकता है? नहीं, क्योंकि मन्दिरों के खोलने से कहीं अधिक कठिन है अछूतों के लिए सभी रोजगारों में प्रवेश करने की रुकावट को दूर करना। एक चमार क्या कपड़े की दूकान खोल कर बिना दिवाला निकले बच सकता है? क्या फल, मिठाई और दूसरी दूकानें खोलने में भी उसकी वैसी ही दुर्गति न होगी? स्कूलों के कितने ही अछूत अध्यापकों का तो लोगों ने नाक में दम करके रखा है। दार्जिलिंग जिले के एक अछूत जातीय डाक्टर को, उसके हाथ की दवाई लेने से इन्कार करके ऊँची जाति वालों ने इतना तंग किया कि उन्हें अपनी नौकरी छोड़ कर बैठ जाना पड़ा। रोजगार में अछूतों का बहिष्कार तो ऊँची जाति वालों के लिए नफ़े का सौदा है, वह कब उसे आसानी से छोड़ने लगे? अछूतों का तो मन्दिर और शास्त्र के बहिष्कार से ही उद्धार हो सकता है, किन्तु यहाँ वही फन्दे उन्हें फँसाने के लिये फेंके जा रहे हैं। उपरोक्त कथन से स्पष्ट है कि इन सामाजिक भेद-भावों ने आर्थिक जीवन पर भारी प्रभाव डाला है। इनके द्वारा दलित जातियाँ आर्थिक दृष्टि से भी दलित रखी जाती है। पूँजीवाद के अनुसार तो हर एक व्यक्ति अपनी सम्पत्ति का स्वामी है, वह जैसे चाहे वैसे उसका उपभोग कर सकता है। फिर आर्थिक क्षेत्र में उस पर कैसे ऐसा दबाव डाला जा सकता है जिससे कि वह अपने अछूत भाई को भी आगे बढ़ने के लिए मौका दे।

इन सामाजिक रोगों की दवा भी हमें साम्यवाद से ही मिलेगी, क्योंकि वह वैयक्तिक आर्थिक लाभ जड़ पर ही कुल्हाड़ा मारता है। विशेष आर्थिक लाभ की आशा न होने पर कौन गुन्नाह-बेलज्जत मरेगा मान-प्रतिष्ठा के लिए? सो तो योग्यता

पर निर्भर है, वह सिफारिश के आधार पर कितने दिनों तक टिक सकता है? जातीय बन्धनों और रूढ़ियों के प्रधान समर्थक कौन होते हैं? वही जिनके पास धन होता है। धन के कारण वह दूसरों की सम्पत्ति पर अपना प्रभाव डालते हैं। साम्यवाद उस धन को ही उनके हाथ में नहीं रहने देगा, फिर सेठ पूनमचंद और मँगतू बनिया या महाराजा चौपटनाथ और जगुआ राजपूत की राय के प्रभाव की न्यूनाधिकता तभी होगी जब उसके पीछे व्यक्ति की निजी योग्यता हो। यह सभी जानते हैं कि जात-बिरादरी में अधिक चलती होने के लिए विद्या, बुद्धि या सज्जनता उतनी आवश्यक चीज नहीं जितना कि धन। जाति पंचों के हाथ से धन छीन लेने का मतलब है, उनके प्रभाव को नष्ट कर देना। उसके बाद फिर बुद्धि और विद्या की बात निष्पक्षता से सुनी जायेगी और फिर छोटी-छोटी जातियों को तोड़कर एक विशाल जाति के बनाने का अवसर मिलेगा। तब समान भाव रखने वाले कायस्थ तरुण और ब्राह्मण तरुणी के विवाह को कोई न रोक सकेगा और न असमान भाव वाले ब्राह्मण तरुण-तरुणी को ब्याह करने के लिए कोई मजबूर ही कर सकेगा। दरअसल गौर से देखने पर मालूम होगा कि इन सामाजिक भेद-भावों को दृढ़ता प्रदान करने वाले हैं उनके भीतर के आर्थिक स्वार्थ। एक बार उन आर्थिक स्वार्थों को हटा दीजिये, फिर इस सारी विशाल इमारत के गिरने में देर न लगेगी। दूसरे सभी सुधार-आन्दोलन रोग की जड़ को न काटकर पत्तों के नोचने जैसे हैं। चिरकाल तक होते रहने पर भी उनका असर तह तक नहीं पहुँचेगा और न अपना चिरस्थायी प्रभाव छोड़ेगा।

साम्यवाद और अच्छी सन्तान

हमारी सभ्य सरकारें अपने देशवासियों के स्वास्थ्य पर ध्यान देती हैं। उन्होंने इसके लिए हजारों डाक्टर नियुक्त कर रखे हैं। इसी ख़याल से नगरों में म्युनिसिपैलिटियाँ हैं जो सड़क-सफाई, रोशनी, पानी का प्रबन्ध करती हैं। वस्तुतः म्युनिसिपैलिटियाँ हैं जो सड़क-सफाई, रोशनी, पानी का प्रबन्ध करती हैं, वह तो अधूरा साम्यवाद है। ठीकेदार को ठीका देने पर यह काम भी नफ़े का सौदा हो जाता है। जो लोग कहते हैं, साम्यवाद काम को सुचारु रूप से तथा सुव्यवस्थित तरीके से नहीं कर सकता, उनके लिए संसार की लन्दन, पेरिस जैसी बड़ी-बड़ी म्युनिसिपैलिटियाँ उत्तर हैं। यद्यपि उनमें सड़क, पानी, रोशनी जैसी कुछ चीजों का ही अधूरे तौर से राष्ट्रीयकरण किया गया है। चिकित्सा, सफाई आदि पर जो इतना खर्च किया जाता है, वह इसीलिये कि जिसमें मनुष्य स्वस्थ रहे, भयंकर बीमारियों से छूटे। किन्तु सबसे भयंकर बीमारियाँ तो पैतृक होती हैं जिनके नाश के लिए बेहतर सन्तान का उत्पादन ही उपाय हो सकता है। आप कोढ़ जैसे घृणित रोगों को ले लीजिए, जो एक ही व्यक्ति के लिए भयंकर नहीं होते, बल्कि अनेक अगली पीढ़ियों तक बढ़ते ही जाते हैं। कुष्ठ कितना भयंकर रोग है? वह आदमी को लोगों की दृष्टि से घृणित बनाता तथा उसे घुला घुलाकर मारता है। यही नहीं, बल्कि आरम्भिक अवस्था में वह अपने आस-पास के लोगों में कुष्ठ के लाखों कीटाणुओं के बाँटने का काम करता है और अनेकों को अपनी ही भाँति बनाने वाला होता है। और ऐसे कोढ़ी की जो सन्तान होती है, वह तो निश्चय ही कोढ़ी होती है। यदि किसी कारण दूसरी पीढ़ी में असर नहीं दिखाई देता, तो तीसरी पीढ़ी में जरूर आता है। यदि आप कुष्ठ सम्बन्धी पुस्तकों को देखें तो मालूम

होगा कि दुनिया में यह रोग कम होने की अपेक्षा बढ़ता ही जा रहा है। भरतपुर में बाँकुड़ा जिले जैसे स्थानों में तो इसकी वृद्धि बड़े जोरों से हुई है। चम्पारन के एक गाँव में पहले चार-छह कोढ़ी हुए, पीछे बढ़ते-बढ़ते सारा गाँव कोढ़ियों का हो गया।

कोढ़ को रोकने की तदबीर आज कितने ही वर्षों से बड़े-बड़े डाक्टर सोच रहे हैं। यदि मनुष्य जाति को इसी राक्षस के पंजे से छुड़ाने का उपाय भी सूझता है, तो वह उनका प्रयोग नहीं कर सकती, क्योंकि पूँजीवाद नाम के लिए तो अपने को अराजकता और अव्यवस्था का विरोधी प्रकट करता है, किन्तु व्यक्तिगत सम्पत्ति और उसके दुरुपयोग का खुला अधिकार दे, वस्तुतः वह उसका पृष्ठपोषक है। कम से कम राष्ट्र की दृष्टि से तो कोढ़ लाइलाज बीमारी नहीं है। यदि कोढ़ियों की बस्ती अलग बसा दी जाय और उनसे सन्तान पैदा करने की स्वतन्त्रता छीन ली जाय, तो कोढ़ न आसपास के लोगों में फैल सकता है, और न अगली पीढ़ियों तक जा सकता है। किन्तु इस काम को साम्यवाद ही कड़ाई के साथ कर सकता है, यह हम अभी बतालावेंगे। कारण ढूँढ़ने पर मालूम होगा कि पैतृक होने के बाद कोढ़ के सबसे भारी कारण वेश्यालय हैं। वेश्यालय क्या कायम रह सकते हैं, यदि धन का स्वामित्व व्यक्ति से छीन लिया जाय? एक आदमी वेश्या के पास गुप्त या प्रकट रीति से तभी जाता है जब उसे देने के लिए उसके पास काफी धन होता है। वेश्या को भी वेश्या-वृत्ति करने के लिए कामुकता से अधिक धन का लोभ प्रेरक होता है; बल्कि उसे इन कोढ़ और आतशक जैसे जुगुप्सित रोगों की जननी बनाने में तो यही धन का लोभ कारण है जिससे कि वह सभी प्रकार के बहुत से पुरुषों की कामवासना के तृप्त करने के लिए मजबूर होती है। साम्यवाद में न व्यक्तिगत सम्पत्ति का स्थान है, न उसके दुरुपयोग का ही। इस प्रकार वह वेश्यालयों का परम शत्रु है और इस तरह उनके द्वारा फैलती कोढ़ आदि बीमारियों को रोकने का वह सर्वोत्तम उपाय है।

यद्यपि धर्म वाले वेश्यालयों का विरोध करते हैं, तो भी उनका विरोध लीपापोती मात्र है। उनमें से कितने ही तो पूजा स्थानों में वेश्याओं का रखना जरूरी समझते हैं और कितनों के स्वर्ग वेश्याओं के बिना सजाए नहीं जा सकते। हूरों-अप्सराओं- देवदासियों की आवश्यकता मानने वाले भला कब वेश्याओं का उन्मूलन कर सकते हैं?

पूँजीवाद और व्यक्तिगत सम्पत्ति राष्ट्र के लिए अत्यन्त हानिकर और घृणित इस व्यवसाय का कितना पृष्ठपोषण करते हैं, इसके लिए जरा आप अपने देश के राजा-महाराजाओं और धनिकों की ओर दृष्टि दौड़ाइये। उनके लिए तो खाने-पीने की भाँति वेश्याएँ भी जीवन की एक आवश्यक वस्तु हो गई हैं। उनके यहाँ दरबारी वेश्याओं को नियम से वेतन मिलता है। चाहे दूसरे राज-पंचारियों का वेतन छह-छह महीने तक बाकी पड़ा रहे, किन्तु दरबार की वेश्या के वेतन में उतनी सुस्ती नहीं की जा सकती। दरबार से मिलने वाला वेतन एक तरह से उस वेश्या के लिए नहीं, बल्कि सीधा कुष्ठ, आतशक के प्रचार के लिए मिल रहा है।

यह स्पष्ट है कि कुष्ठ की यह भयंकर समस्या जिससे सारी मानव जाति विकृत होती जा रही है, साम्यवाद द्वारा ही हल हो सकती है। धन के उपयोग और सन्तान की अबोध उत्पत्ति-इन दो बातों में व्यक्तियों को बेरोक-टोक स्वतन्त्रता देना ही जाति में चिररोगों, राजरोगों और घृणित रोगों के बढ़ाने का कारण है। आजकल यदि कोई पूँजीवादी सरकार इन रोगों की रोकथाम के लिए कानून भी बनाती है, तो उसका प्रयोग गरीबों पर ही हो सकता है। धनी अपने धन के बल पर काफी समय तक बचे रह सकते हैं या कानून के पंजे में कभी आते ही नहीं। कुष्ठ की प्रथम अवस्था ही भयंकर कीटाणुओं को फैलाती है, लेकिन उस समय रोग के अस्पष्ट तथा अधिक बीभत्स न होने से धनिक कोढ़ी अपने को कानून के चंगुल से बचा सकते हैं। और बाज वक्त तो आखिरी समय तक वह बेरोक-टोक सभा-समाज सभी जगह घूमते देखे जाते हैं। हम यह नहीं कहते कि ऐसे व्यक्ति को घृणा का पात्र बनाया जाय; वह हमारी सहानुभूति का ही सबसे अधिक पात्र नहीं है, बल्कि उसकी यंत्रणा और निराशापूर्ण जीवन को देखकर, उसको जहाँ तक हो सके, सुखी रखना भी समाज का कर्तव्य है, किन्तु उसे अपने जैसे हजारों को पैदा करने का मौका देकर तो हम उसके साथ सच्ची सहानुभूति नहीं प्रदर्शित कर सकते।

कुष्ठ के अतिरिक्त संसार में और भी कितने ही रोग हैं, जिनके दूर करने का उपाय चाहे हमारे हाथ में अधूरा ही आया हो; किन्तु संतति-निरोध और पृथक्करण द्वारा हम उनके प्रचार को बिलकुल रोक सकते हैं। यक्ष्मा या तपेदिक के रोग ही को ले लीजिए, जो कि घर में एक को हाने पर सारा घर साफ करता देखा गया है, वह भी संसर्ग और

सन्तान के द्वारा फैलता है। वर्तमान प्रणाली में यह सब जानते, देखते भी हम कुछ नहीं कर सकते, क्योंकि हमारे लिए व्यक्तिगत स्वतन्त्रता हर हालत में पवित्र चीज है। चाहे एक घर में आग लगने से सारा गाँव साफ़ हो जाय, पर तो भी हम अपने पड़ोसी को घर जलाकर होली खेलने से नहीं बाज रख सकते।

शारीरिक विकारों के अतिरिक्त मानसिक विकारों के सम्बन्ध में डाक्टरों की राय है कि ये रोग बहुधा पिता-माता से आते हैं। वस्तुतः आर्थिक विषमता और पैतृक रोगों के प्रभाव को हटा दिया जाय, तो हमारे कैदखाने खाली हो जायेंगे। अपराधियों में ९० फीसदी आर्थिक मजबूरी से चोरी या मारपीट करते हैं और बाकी १० फीसदी में प्रायः सभी दिमागी कमजोरी या क्षणिक पागलपन के कारण जो कि दोनों प्रायः मौरूसी चीजें हैं। अपराध करते हैं। आज-कल इंग्लैंड की जैसी कुछ सरकारें ऐसे व्यक्तियों के लिए सन्तति-निरोध का कानून बनाना चाह रही हैं; किन्तु क्या आप आशा रखते हैं कि धनी लोगों पर उसका प्रयोग ठीक हो सकेगा? मानसिक रोगों से अधिक ग्रस्त तो प्रायः यही समुदाय देखा जाता है।

पशुओं की बेहतर सन्तान पैदा करने के लिये पिछली एक शताब्दी में बहुत प्रयत्न किया गया है। स्वस्थ, बलिष्ठ जोड़ों के चुनाव से वैज्ञानिक लोग अच्छी जाति की गायें, घोड़े और दूसरे जानवरों को पैदा करने में सफल हुए हैं। उनका यह प्रयोग तो ऐसी अवस्था को पहुँच गया है कि वे पैदा होने वाले बछड़े के रंग आदि के बारे में पहले से ही दृढ़ता के साथ कह सकते हैं। लेकिन इसी पिछली शताब्दी में मनुष्य जाति की क्या दशा हुई? उसकी तो शारीरिक, मानसिक अवस्था दिन पर दिन बिगड़ती जा रही है, यह बात स्पष्ट हो जायगी, यदि आप स्वास्थ्य तथा अपराध सम्बन्धी रिपोर्टों को पढ़ें।

लेकिन इसके सम्बन्ध में कुछ थोड़े से चिकित्सालयों और कैदखानों की संख्या कुछ और बढ़ा देने के अतिरिक्त उन्होंने क्या किया? इनसे रोग का असली कारण थोड़े ही दूर हो सकता है? मनुष्य के लिए सबसे आवश्यक तो है बेहतर सन्तान का पैदा करना और उसके बिना रुकावट का प्रयोग करना। किन्तु आज के समाज के नेता पूँजीवादी और उनसे क्रीत दास तथा धर्म के ठेकेदार प्रयोग क्या, कभी इन पर स्वतन्त्रतापूर्वक विचार भी करने देंगे? वे तो इसे यही कह कर टाल देना चाहते हैं—

‘‘यह सब ईश्वर का काम है। स्त्री-पुरुष का सम्बन्ध धर्म का एक अंग है, उसमें किसी को दखल देने का हक नहीं। मनुष्य पशु नहीं है जो उसके सन्तान-उत्पादन को प्रयोग का विषय बनाया जाय। स्त्री-पुरुष के इस कोमल सम्बन्ध को इस प्रकार नंगा कर देने पर लज्जा और शरम का स्थान कहाँ रह जायेगा?’’ इन शब्दों तक ही वे चुप रहने वाले नहीं हैं, वे तो उसके विरोध में अपनी सारी शक्ति लगा देने वाले हैं। लेकिन उनके इस अन्धे बर्ताव से क्या परिस्थिति की भयंकरता कुछ कम हो जायेगी? भयंकरता तो दिन पर दिन बढ़ती ही जा रही है और तब तक बढ़ती जायेगी जब तक कि उसके प्रतिकार के लिए मानव समाज स्वयं कमर कसकर तैयार न हो जायेगा, अच्छी तरह समझ न लेगा कि स्त्री-पुरुष के संयोग में दो बातें हैं: एक काम की तृप्ति, दूसरे सन्तान की उत्पत्ति। पहली बात को आप खुशी से निजी काम बना लें, लेकिन दूसरी बात सारे मनुष्य-समाज-मौजूदा और आने वाले दोनों से सम्बन्ध रखती है; उसे निजी काम नहीं बनाया जा सकता वैसे ही जैसे कि चोरी और मार-पीट को निजी काम नहीं बनाया जा सकता। और आजकल विज्ञान ने तो ऐसे उपाय बतला दिये हैं जिससे इन्द्रिय-तृप्ति की योग्यता को रखते हुए सन्तान-उत्पादन की योग्यता दूर की जा सकती है। शरीर और मन से निर्बलतायुक्त सन्तान ही पैदा करने वाले व्यक्ति सन्तान उत्पत्ति के लिए जिद करने का क्या अधिकार रखते हैं? और ऐसी जिद को समाज क्यों माने? यदि उस जिद के कारण पर भी आप विचार करें, तो उसके पीछे माता-पिता का मतलब है–बीमारी और बुढ़ापे के लिए सहारा ढूँढ़ना और अपनी सम्पत्ति का उत्तराधिकारी छोड़ना। साम्यवाद में बुढ़ापे और बीमारी में भरण-पोषण की जिम्मेवारी राष्ट्र लेता है और व्यक्तिगत सम्पत्ति का वहाँ स्थान ही नहीं है; इसलिये वहाँ सन्तान उत्पत्ति के दुराग्रह के ये दो प्रधान कारण ही असम्भव हैं।

साम्यवाद तथा धर्म और ईश्वर

धर्म या मजहब का असली रूप क्या है? मनुष्य जाति के शैशव की मानसिक दुर्बलताओं और उससे उत्पन्न मिथ्या विश्वासों का समूह ही धर्म है। यदि उसमें और भी कुछ है, तो वह है पुरोहितों और सत्ताधारियों के धोखे-फरेब, जिनसे वह अपनी भेड़ों को अपने गल्ले से बाहर जाने देना नहीं चाहते। मनुष्य के मानसिक विकास के साथ-साथ यद्यपि कितने ही अंश में धर्म ने भी परिवर्तन किया है, कितने ही नाम भी उसने बदले हैं, तो भी उनसे उसके आन्तरिक रूप में परिवर्तन नहीं हुआ है। वह आज भी वैसा ही हजारों मूढ़ विश्वासों का पोषक और मनुष्य की मानसिक दासताओं का समर्थक है, जैसा कि पाँच हजार वर्ष पूर्व था। सूत्र वही हैं, सिर्फ भाष्य बदलते गये हैं। यही भूत-प्रेत, ओझा-गुणी हैं जिनको देखकर शिक्षित वर्ग नाक-भौं सिकोड़ता है—कुछ गौड़ों की बात छोड़ दीजिये, वैसे कदरदान शिक्षितों में आजकल दुर्लभ हैं लेकिन उन्हीं बातों को यदि नये रूप में थियोसोफी के से लच्छेदार शब्दों तथा साइंस की पुट के साथ जब पेश किया जाता है, तो बड़े-बड़े दिमाग वाले, अकल बेंच खाने के लिये तैयार हो जाते हैं। यदि आप मजहबों के इतिहास, उनके भूत और वर्तमान नेताओं की जीवनियों को ध्यानपूर्वक नजदीक से पढ़ें, तो मालूम होगा कि मजहब में पहिले नम्बर पर पक्के धूर्त या पागल ही पहुँच सकते हैं। भारत में ऐसे सिद्ध और पहुँचे हुए महापुरुष बहुत से हैं और हुए हैं जिनके आचरण को भीतर से देखने पर वह रसपुटिन के छोटे-बड़े संस्करण सिद्ध होंगे। एक पवित्र नगर में कुछ समय पूर्व एक परमत्यागी महात्मा रहते थे। उनके जीते-जी ही लोग उन्हें सिद्ध, जीवन्मुक्त मानकर पूजा करते थे, पीछे की बात ही क्या? स्थानीय जानकार लोग उनकी रखेली के दो पुत्रों

की ओर अँगुली उठाकर कहते थे–महात्मा का कितना ही चढ़ावा अपनी इन सन्तानों को धनी बनाने में लगा। एक दूसरे पवित्र नगर के एक सिद्ध महात्मा थे जिनको मरे बहुत समय नहीं गुजरा है और जिन्हें उनके भक्त भगवान् के अवतार समझते थे। बाहर के कितने ही अन्धे भक्त उनकी विचित्र रहन-सहन, वेश-भूषा, आकार-प्रकार से प्रभावित हो गद्गद् हो जाते थे। लेकिन इन सिद्ध का भीतरी जीवन कैसा था? पहिले वह जिस स्थान में रहते थे, वहाँ एक नौकरानी के साथ उनके अनुचित सम्बन्ध को देख लोग मार-पीट करने के लिए उतारु हो गये। जिसके मारे वह भाग कर अपने ही जैसे एक दूसरे सिद्ध पुरुष के स्थान में चले गये। व्यक्तिगत अनुभव से ऐसे पचासों उदाहरण बतलाये जा सकते हैं। इन उदाहरणों को देखकर मनुष्य की बुद्धि पर तरस आता है, उन धूर्तों के लिये तो नहीं, उनका तो मत ही है–रोटी खाइये घी शक्कर से, दुनिया ठगिये मक्कर से। यदि किन्हीं सिद्धों में इस धोखाधड़ी से कुछ अधिक है, तो वह है हेप्नाटिज्म या त्राटक की कुछ मानसिक शक्तियाँ, जिनके बल पर वह और उनके अनुयायी हजारों झूठों का प्रचार करते हैं और भरसक यह भी कोशिश करते हैं कि विद्वान उनका वैज्ञानिक विश्लेषण न कर सकें।

धर्म और ईश्वर का प्रायः अटूट सम्बन्ध है। अच्छा तो ईश्वर क्या है? यह भी मनुष्य के शैशव-काल के भयभीत अंतःकरण की सृष्टि का एक विकसित रूप है। मनुष्य वन्य अवस्था में जबकि बुद्धि का विकास साधारण बच्चे के ही समान था–अंधेरे, अपरिचित स्थान और वस्तु से भय खाता था। बिजली, आग जैसे शक्तिशाली पदार्थ तो उसके लिये और भी भय के कारण होते थे और उसने उनमें देवताओं की कल्पना की। उसके अपने समय के बली और वीर पुरुष भी मरकर धीरे-धीरे इस देवमण्डली में शामिल हो गये। हर एक जाति में ऐसे अनेक देव समुदाय थे जिनके कि प्रभाव और बड़प्पन के लिये उनकी आपस में प्रतिद्वन्द्विता रहती थी। स्वयं अपनी जाति के भीतर के देवताओं में भी बड़े-छोटे का ख़याल था। पीछे मानव-समाज के सामन्तों और महासामन्तों को देख ''कौन बड़ा'', ''कौन बड़ा'' की तलाश ने ''संसार-निर्माता'' एक ईश्वर की सृष्टि की; और मानसिक विकास के साथ-साथ उसे कितने ही और भी उत्तम गुण प्रदान किये गये। यह हुई ईश्वर की उत्पत्ति। वस्तुतः ईश्वर मनुष्य का मानसपुत्र है।

हम इससे इन्कार नहीं करते कि ईश्वर का अस्तित्व–चाहे कल्पना ही के संसार में हो, तो भी अतीत काल में इस विचार के ही कितने लोगों को संतोष और सहारा मिला होगा। लेकिन साथ ही उसके कारण मनुष्य को लाखों यातनाएँ भी सहनी पड़ीं। एक ईश्वर मानने वाले धर्मों की अपेक्षा अनेक देवता मानने वाले धर्म हजार गुना उदार रहे हैं। उनके ईश्वरों की संख्या अपरिमित होने से वहाँ औरों का समावेश आसानी से हो सकता था। किन्तु एक ईश्वरवादी वैसा करके अपने अकेले ईश्वर की हस्ती को खतरे में नहीं डाल सकते थे। आप दुनिया के एक ईश्वरवादी धर्मों के पिछले दो हजार वर्ष के इतिहास को उठाकर देख डालिये, मालूम होगा कि वह सभ्यता, कला, विद्या विचार-स्वातन्त्र्य और स्वयं मनुष्य के प्राणों के भी सबसे बड़े शत्रु थे। उन्होंने हजारों बड़े-बड़े पुस्तकालय और करोड़ों पुस्तकें आग में डाल दीं। सौन्दर्य और कोमल भावों के साकार रूप, कितने ही कलाकारों की सुन्दर मूर्तियों, चित्रों और इमारतों को नष्ट कर दिया। हजारों विद्या-व्यसनियों और विद्वानों के जीवन को समाप्त कर, स्वतन्त्र-विचारों का गला घोंटा। मनुष्य की प्रगति को कम-से-कम एक हजार वर्ष तक के लिये उन्होंने रोक ही नहीं रखा, बल्कि पहिले की प्राप्त सफलताओं के प्रभाव को बहुत कुछ नष्ट कर डाला। और करोड़ों निर्दोष नर-नारियों और बच्चों की हत्या? यह तो उनके अपने धर्म-प्रचार का एक प्रधान साधन थी। वह जिस-जिस देश में गये, आग और तलवार लेकर गये। पहले तो इनके फन्दे में फँसी जातियाँ अफीम के नशे में थीं, उन्हें इसका ख़याल ही न हो रहा था कि उनकी संस्कृति, चिरसञ्चित जातीय निधि नष्ट की जा रही है। पीछे जब नशा टूटा, तो देखा कि पूर्वजों की सभी उत्तम कृतियाँ नष्ट कर दी गईं। जर्मन जाति में ईसाइयों का एक ईश्वरवाद तलवार के बल पर ही फैलाया गया। उस समय पुराने धर्म के साथ-साथ जर्मन जाति का व्यक्तित्व भी मिटा देना आवश्यक समझा गया। उनकी लिपि को धता बताया गया। उनके साहित्य को खोज-खोज कर जलाया गया। उनके मन्दिरों को ही बर्बाद नहीं किया, बल्कि यह सोचकर कि कहीं ये लोग अपने ओक–वृक्षों की पूजा करके धर्म-भ्रष्ट न हो जायें, लाखों विशाल ओक वृक्ष काट डाले गये। एक ईश्वरवादियों के ऐसे कारनामे एशिया के ही नहीं, अमेरिका की माया और अजेतक-जैसी सभ्यताओं के संहार के कारण हुए। अपने नाम पर सैकड़ों वर्षों तक इस प्रकार के भयंकर अत्याचार करते, खून की

नदी बहाते देख भी, यदि ईश्वर रोकने के लिए नहीं आया, तो इससे बढ़कर उसके न होने का और दूसरा प्रमाण क्या चाहिए?

कहा जा सकता है, अब धर्म और ईश्वर उतने खतरनाक चीज नहीं हैं, किन्तु बात क्या वैसी है? क्या धर्म के विषवाले दाँत तोड़ दिये गये? कम-से-कम भारत तो इस समय भी इसके मारे परेशान है। बराबर धर्मान्ध लोग खून-खराबी करते ही जा रहे हैं। आप कहेंगे–यह धर्म का दोष नहीं, यह तो प्रभुता और धन के लिए हो रहा है। यह बिलकुल ठीक है। एक ईश्वरवादियों के बड़े-बड़े युद्ध के भीतर भी प्रभुता और धन का लोभ ही काम कर रहा था। प्रभुता और धन के लोभ की वस्तुतः वह उपज हैं भी; तो भी साधारण जनता के सामने उन्हें बड़े सौम्य और मोहक रूप में रखा जाता है। चाहे आप कितना ही परिष्कृत करना चाहें, शुद्ध-से-शुद्ध बना दें, धर्म पुराने का पूजक और भविष्य की प्रगति का विरोधी रहेगा ही। वह तो श्रद्धा और भक्ति के नाम पर हमारे गले में मुर्दा बाँधने का ही प्रयत्न करेगा। यह संसार जो प्रतिक्षण परिवर्तित हो रहा है, और परिवर्तन भी ऐसा कि इसका अतीत हमेशा अतीत ही रहेगा, वर्तमान रूप नहीं धारण कर सकेगा। ऐसी स्थिति होने पर स्थिरतावादी धर्म हमारे कभी सहायक नहीं हो सकते। जगत् की गति के साथ हमें भी सरपट दौड़ना चाहिए, किन्तु धर्म हमें खींचकर पीछे रखना चाहते हैं। क्या हमारे पिछड़ने से संसार-चक्र हमारी प्रतीक्षा के लिए खड़ा हो जायेगा? सामाजिक विषमता के नाश, निकम्मी और अनपेक्षित सन्तान के निरोध, आर्थिक समस्याओं के नये हल–सभी बातों में तो यह मजहब प्राणपन से हमारा विरोध करते हैं; हमारी समस्याओं के नये हल–सभी बातों में तो यह मजहब प्राणपन से हमारा विरोध करते हैं; हमारी समस्याओं को और अधिक उलझाना और प्रगति-विरोधियों का साथ देना ही एक मात्र इनका कर्तव्य रह गया है।

आप कहेंगे–आप पिछली सदी की बात कर रहे हैं, जबकि बड़े-बड़े वैज्ञानिक प्रायः अधार्मिक होते थे, अब तो कितने ही चोटी के बड़े वैज्ञानिक, सीधे रास्ते पर आ रहे हैं, और ईश्वर तथा धर्म के पोषक बन रहे हैं। हाँ, यदि भीतरी रहस्य न जान कर नाम पर जायेंगे, तो आप को जरूर ऐसा भ्रम होगा, किन्तु विज्ञान बेचारे का इसमें कोई दोष नहीं। आजकल तो सारा संसार, बिना अपवाद के, दो पक्षों में बँट गया

है–एक ओर वे लोग हैं जो व्यक्तियों के आर्थिक स्वार्थों को अक्षुण्ण रखना चाहते हैं, अर्थात् जो जाने या अनजाने, प्रकट या अप्रकट रूप से पूँजीवाद के पोषक हैं, दूसरी ओर वे हैं जो समाज का कल्याण चाहते हैं और उसके लिए साम्यवाद का समर्थन करते हैं। पिछली सदी में भी ऐसे वैज्ञानिक रहे होंगे, जिन्हें व्यक्ति के आर्थिक स्वार्थों को अक्षुण्ण रखना अभीष्ट था, किन्तु तो भी वह धर्म के विरुद्ध क्या अपनी स्पष्ट सम्मति दे सकते? कारण? उस समय साम्यवाद हवा की बात थी। उसकी सफलता का उन्हें विश्वास न था। किन्तु, अब साम्यवाद भूमि की ठोस चीज है। अब वह विकृत मस्तिष्कों की बलबलाहट नहीं रह गया। इसीलिए पूँजीवादी जहाँ साम्यवाद के खिलाफ दूसरे तरह-तरह के षड्यन्त्र रच रहे हैं, वहाँ भय और प्रलोभन द्वारा कितने ही ढिलमिल यकीन वैज्ञानिकों से भी अपने पक्ष में सम्मति लेते हैं। लेखक के इंग्लैंड में रहते समय एक प्रामाणिक पुरुष ने नोबुल-पुरस्कार प्राप्त एक वैज्ञानिक के बारे में कहा था– "जानते हैं, अमुक सज्जन धर्म और मिथ्या विश्वास के प्रचार में इतनी सरगर्मी क्यों दिखाते हैं? इनका वैज्ञानिक दिमाग खतम हो चुका है। जिस विश्वविद्यालय में यह अध्यापक हैं, वह एक प्रकार से अमुक करोड़पति के परिवार की निजी चीज-सी है और यह वैज्ञानिक महाशय किसी रूप में कृतज्ञता प्रकट करना अपना कर्तव्य समझते हैं।" हम नहीं कहते कि धर्म का पक्ष लेने वाले सभी वैज्ञानिक इसी श्रेणी के हैं। कितने तो स्वयं पूँजीपति हैं, इसलिए वह पूँजीवाद की रक्षा के, महान् अस्त्र-धर्म का पक्ष ग्रहण करना चाहते हैं। कितने ही, श्रमजीवियों के जीवन की कठिनाइयों को जानते हैं और उस श्रेणी में सम्मलित होने से डरते हैं। और, कुछ उस आयु को पहुँच गये हैं जब अतीत की अत्यन्त आसक्ति मन को नये विचारों के ग्रहण करने में असमर्थ कर देती है। मनुष्य की आयु के पहिले चालीस-पैंतालिस वर्ष ही ऐसे हैं, जबकि वह स्वच्छतापूर्वक चिन्तन और विचार-विनिमय कर सकता है, पीछे गोधूली के धुधँलेपन में उसे अतीत की स्मृति के सहारे पुरानी बातें ही दिखलाई देती हैं। संसार में इस नियम के अपवाद बहुत ही कम होते हैं।

इस प्रकार सारी दुनिया के विचार पक्ष और विपक्ष में बँटे हुए है; ऐसी अवस्था में किसी की सम्मति को पकड़ कर चलना उचित नहीं है। आपको अपनी बुद्धि स्वतन्त्र रखनी होगी और उसी को अन्तिम निर्णायक मानना होगा।

ईश्वर की उत्पत्ति के बारे में हम कह आये हैं। यहाँ उसके अस्तित्व के बारे में हम नीरस बहस करना नहीं चाहते, किन्तु यह जरूर कह देना चाहते हैं कि ईश्वर का मानना इस बात को भी मानने के लिए प्रेरित करता है कि संसार के मालिक उस ईश्वर की भाँति, यहाँ भी एक राजा या कर्त्ता-धर्ता होना चाहिए। सहस्राब्दियों तक राजा लोग ईश्वर के प्रतिनिधि के रूप में शासन भी करते रहे हैं। साम्यवाद सारी शक्तियों का जनता में उसी प्रकार समावेश चाहता है जिस तरह वह संसार की सारी शक्तियों को किसी ख़याली ईश्वर के हाथ में मान कर, प्रकृति में समाविष्ट समझता है। ईश्वर का विचार हमारे सभी कामों में कठिनाई पैदा करता है। ईश्वर का ख़याल ही यह सिखलाता है कि हम अपने मालिक नहीं हैं। कितने ही धर्म इसलिए सन्तान-निरोध के विरोधी हैं कि मनुष्य को ईश्वर के काम में दखल देने का अधिकार नहीं है। यदि जनसंख्या कम करना उसे मंजूर होगा, तो वह उसके लिए बड़ा काम नहीं है। पिछले वर्ष हम कश्मीर-राज्य के बाल्तिस्तान प्रदेश में थे। वह तृण वनस्पति-शून्य पहाड़ी स्थान है। वहाँ इच्छानुसार पानी की नहरों और खेतों के बनाने का सुभीता भी उतना नहीं है। हम लोग जाते वक्त रास्ते में एक गाँव में ठहरे थे। गाँव वालों की गरीबी वर्णनातीत थी। पूछने पर मालूम हुआ, आधी सदी पहिले इस गाँव में सिर्फ पाँच घर थे, और अब बीस हैं। लोग कुछ शताब्दियों पूर्व बौद्ध थे और अपने धर्म भाई तिब्बतवासियों की भाँति बहुपतित्व के मानने वाले थे। तिब्बत में सभी भाइयों की एक स्त्री के होने का कारण था, जनवृद्धि की भीषणता का रोकना; किन्तु जब यह लोग मुसलमान हो गये, तब खुदा के भरोसे पर लगे बच्चे पैदा करने। हमारे जर्मन मित्र ने उनसे पूछा—जब तुम्हारे यहाँ खेतों की इतनी कठिनाई है और जीवन-निर्वाह बहुत ही मुश्किल है, तो क्यों इतने बच्चे पैदा करते हो? उत्तर मिला जो बच्चों को देता है (अर्थात् खुदा) क्या वह उनको नहीं सँभालेगा? हमारे मित्र ने कहा—हाँ, वह न सँभालेगा तो हैजा चेचक, भूख-अकाल तो जरूर सँभाल लेंगे? ल्हासा में एक मुसलमान सज्जन ने अपना विश्वास इस प्रकार प्रकट किया—हमारे धर्म के अनुसार यदि माँ-बाप को काफी सन्तानें हो जायें, तो उनके लिए हज करना आवश्यक नहीं रह जाता। हिन्दू भी तो "अपुत्रस्य गतिर्नास्ति" कहते हैं।

इसी प्रकार आप जितना ही सोचेंगे, मालूम होगा, ईश्वर का ख़याल हमारी सभी प्रकार की प्रगतियों का बाधक है। मानसिक दासता की वह सबसे जबर्दस्त बेड़ी है। शोषकों का वह जबर्दस्त अस्त्र है, क्योंकि उसके सहारे वह कहते हैं—"धनी-गरीब

उसके बनाये हुए हैं, 'वह जो करता है, सब ठीक करता है, उसकी मर्जी पर अपने को छोड़ दो' 'क्या जानें इन चन्द वर्षों के कष्ट के लिए मरने के बाद उसने क्या-क्या आनन्द आपके लिए तैयार कर रक्खे हैं?' 'वह यंत्रचालक की भाँति सभी प्राणियों को चला रहा है,' 'मनुष्य उसके हाथ की कठपुतली है।' ये ख़याल क्या हमें अपने भविष्य का मालिक बना देंगे?"

आप यह तर्क नहीं बघाड़ सकते–यदि ईश्वर नहीं तो संसार को बनाता कौन है? क्या हर एक चीज के लिए बनाने वाला बहुत जरूरी है? यदि है, तो ईश्वर का बनाने वाला कौन है? यदि वह स्वयंभू है, तो वही बात प्रकृति के बारे में भी क्यों नहीं मान लेते?

आपको यह ध्यान रखना चाहिये कि ईश्वर पूँजीवादियों के बड़े काम की चीज है। यदि ईश्वर का ख़याल पहिले से न होता तो आज वह उसका आविष्कार करते। यही वजह है जो कि थके दिमाग वाले, शोषकों के पोषक कितने ही वैज्ञानिक धर्म और ईश्वर के समर्थक देखे जाते हैं।

यदि भारत की दृष्टि से देखा जाये, तब तो जब तक धर्म है, तब तक उसे शान्ति और स्वतन्त्रता का स्वप्न छोड़ देना चाहिये।

साम्यवाद और स्त्रियों की परतन्त्रता

वैसे तो अधिकांश पुरुष भी प्राचीन काल से अब तक पराधीनता का ही जीवन बिताते आ रहे हैं, किन्तु स्त्रियों की अवस्था तो इस विषय में और भी बुरी रही है। "ढोल गँवार शूद्र पशु नारी। ये सब ताड़न के अधिकारी"–एक सर्वमान्य कहावत बन गई है। "स्त्री स्वतन्त्रता के योग्य नहीं" (पिता रक्षति कौमारे भर्ता रक्षति यौवने। पुत्रो रक्षति वार्धक्ये न स्त्री स्वातन्त्र्यमर्हति) से मानो उसे दासता का पट्टा मिल गया है। यूरोप के ईसाई पुरोहित तो कुछ शताब्दियों पूर्व तक, "स्त्री में आत्मा नहीं है।" इस बात पर गंभीरतापूर्वक व्याख्यान दिया करते थे। हिन्दुओं ने स्त्री को पति की अर्धांगिनी माना है और पति के मरने पर उसका आधा अंग पत्नी भी मर ही जाती है; इसी को साबित करने के लिए अभी पिछली शताब्दी तक हर साल भारत में हजारों विधवाएँ पति की लाश के साथ जला दी जाती थीं। किन्तु उसी अर्धांड्ग के नियम को पति के लिए कभी स्वीकार नहीं किया गया! असल में तो सभी देशों में पुरुषों के लिए स्त्रियों से भिन्न कानून और व्यवस्थाएँ रही हैं। हिन्दुओं का पातिव्रत धर्म का गला फाड़-फाड़कर, मौके बे-मौके उपदेश, ढोंग और वंचना की पराकाष्ठा का भारी उदाहरण है।

हजारों वर्षों से स्त्रियों के विरुद्ध पक्षपात का भारी वायु-मण्डल तैयार कर दिया गया है। धर्म आचार-सामाज सम्बन्धी बातों में उनके लिए पुरुषों से बिलकुल ही अलग कसौटी बनाई गयी है। ठीक न सोच सकने तथा मतिभ्रम पैदा करने के लिए लड़कपन से कान भर-भर कर उनमें सबसे अधिक धार्मिक कट्टरता पैदा कर दी गई है; और अभी हाल तक, और किन्हीं-किन्हीं मुल्कों में तो आज तक उन्हें विद्या से

भी वंचित कर रक्खा गया है। पर्दा–जैसी असहनीय रस्में उनके लिए खास तौर से गढ़ी गईं तथा धर्मों ने अपने मान्य ग्रन्थों द्वारा ईश्वरीय आदेश ठहराकर उन्हें पुष्ट किया। सबसे भारी गुलामी की जंजीर, जो उनके पैरों में डाल दी गई है, वह है उनकी आर्थिक परतन्त्रता।

पश्चिम में भी स्त्रियों की स्वतन्त्रता का आन्दोलन अभी पिछली शताब्दी से है और भारत में तो उसका अभी-अभी आरम्भ हो रहा है। तो भी जिस प्रकार से लोग स्त्रियों को स्वतन्त्रता दिलाना चाहते हैं, क्या उससे स्त्रियाँ स्वतन्त्र हो सकती हैं? “स्वतन्त्रता”, “स्वतन्त्रता” चिल्लाना बनावट और एक व्यर्थ की बात से बढ़ कर नहीं है जब तक कि वह आर्थिक तौर से स्वतन्त्र नहीं; जब तक कि विवाह उनके लिए जीवन निर्वाह का पेशा बना हुआ है। आर्थिक स्वतन्त्रता से मतलब है, स्त्री अपनी जीविका के लिए किसी दूसरे की मुहताज न हो। भारत में तो सामाजिक पक्षपात और अत्याचार ने इच्छा रहते और अवसर मिलने पर भी वैसा करने की स्वतन्त्रता नहीं रहने दी है। पाश्चात्य देशों में भी वह उतनी आजाद नहीं है। फासिस्त जर्मनी ने तो कानून बना कर विवाहित स्त्री को नौकरी करने से रोक दिया। उसके ख़याल से विवाह का पेशा तो उसे मिल गया ही है, फिर वह दो-दो पेशा कैसे हथिया सकती है?

यदि स्त्रियाँ अपनी रोजी आप कमाने लगें; भोजन, वस्त्र, मकान, सैर-तफरी के लिए उन्हें पुरुषों के सामने हाथ न पसारना पड़े; प्रसवकाल, बीमारी और बुढ़ापे में उन्हें पति और पुत्रों के ही भरोसे पर न रहना पड़े; तभी वह वस्तुतः स्वतन्त्र हो सकती है। किन्तु, क्यों पूँजीवाद में यह सब संभव है? इसमें शक नहीं, पूँजीवाद अपने कारखानों में स्त्रियों को जगह देते हैं। वह यह भी गर्व कर सकते हैं–हम लोग प्राचीन काल के पक्षपात को हटाकर स्त्रियों को अपनी रोजी कमाने का स्वतन्त्र अवसर देना चाहते हैं। किन्तु यह उनकी एक चाल मात्र है। वह कारखानों में स्त्रियों और बच्चों को काम इसलिए देते हैं कि ऐसा करने से उन्हें मजदूरी कम देनी पड़ेगी। उसी काम के लिए यूरोप में यदि पुरुष को तीन रुपये रोज मजदूरी मिलती है, तो स्त्री डेढ़ ही रुपये में मिल जाती है। इस प्रकार स्त्रियों की भर्ती से हजारों पुरुष बेकार बना दिये जाते हैं। हम पहले कह आये हैं, कैसे पूँजीवादियों का स्वार्थ करोड़ों आदमियों के बेकार करने का कारण बन रहा है। कुछ स्त्रियों को काम पर लगाने से उनका मतलब यही है कि वह मजदूरों के श्रम का और अधिक भाग आसानी से लूट सकें।

स्त्रियों को स्वतन्त्रता साम्यवाद ही द्वारा प्राप्त हो सकती है; क्योंकि साम्यवाद जीवन के सभी क्षेत्रों में उन्हें बराबर का स्थान ही नहीं दिलाना चाहता, बल्कि उन्हें आर्थिक तौर से भी स्वतन्त्र देखना चाहता है। वह हर एक स्त्री को अपनी रोजी आप कमाने का समर्थक है और इस प्रकार उसे पुरुष के समकक्ष होने का अवसर देता है। साम्यवाद यन्त्रों का सहारा नफ़े के लिए नहीं करता, बल्कि मनुष्यों के जीवन की उपयोगी वस्तुओं को जल्दी और पूर्णरूपेण मुहैया करने तथा सांस्कृतिक कार्य तथा जीवन का सुख लेने के लिये अधिक अवकाश देने के लिए करता है, वह कल-कारखानों, दफ्तरों, सेनाओं सभी जगह स्त्रियों का अबाध प्रवेश इसलिए नहीं चाहता कि उनके श्रम को लूटा जाये, या पुरुषों को बेकार बनाया जाय। वह तो इस काम को सिर्फ स्त्री-जाति की पूर्ण स्वतन्त्रता और विकास के लिए करता है। साम्यवादी देश (आज भी जब कि आदर्श तक पहुँचने में बहुत चलना है) इस बात के जीवित उदाहरण हैं। वहाँ स्त्रियों को पुरुषों के समान काम करने तथा वेतन पाने का अवसर दिया गया है। प्रसव के पूर्व और पीछे की दुर्बलवस्था में तीन महीने के अवकाश के साथ उन्हें पूरा वेतन मिलता है। इसी प्रकार बीमारी और असमर्थता के समय भी राष्ट्र उनके भरण-पोषण का भार अपने ऊपर लेता है। यह काम पूँजीवाद के बूते के बाहर का ही नहीं है, बल्कि यह तो थोड़े ही समय में उसका दीवाला निकाल सकता है। सबको काम न कर सकने पर भी पूरा वेतन–यह सोचने में भी उसके दिमाग में मूर्छा आये बिना नहीं रहेगी।

कितने लोग कह उठते हैं–“इस प्रकार की आर्थिक स्वतन्त्रता यदि स्त्रियों को मिल जाये, तो पारिवारिक सुख संसार से उठ जायेगा। पति-पत्नी का मधुर सम्बन्ध नहीं रह जायेगा। माता-पिता और सन्तान का वह पवित्र पैतृक स्नेह अतीत की बात हो जायेगी। स्त्री-पुरुष के सदाचार में भयंकर क्रान्ति हो जायेगी और मानव जीवन पशु-जीवन में परिणत हो जायेगा।”

यह सब बातें वही कहते हैं जिनके लिए स्त्री का व्यक्तित्व कोई चीज नहीं। बल्कि जो इन आडंबरपूर्ण सारहीन बातों के लिए, अथवा पुरुषों की सीमातिक्रान्ति करने वाली स्वतन्त्रता के लिए बकरे की भाँति स्त्रियों की बलि देना अपना कर्तव्य समझते हैं, अथवा संसार के “सदाचारियों” की भीतरी गन्दगी पर जान-बूझकर आँख मूँदना चाहते हैं। साम्यवादी “मानव जीवन” और “पशु-जीवन” के शब्दों से डर जाने वाले

नहीं हैं, क्योंकि वह जानते हैं कि पशु-जीवन जितना पूँजीवाद में है, उसका शतांश भी साम्यवाद में नहीं। धन के बल पर क्या धनी लोग संसार में रोज लाखों स्त्रियों को अपनी काम-वासना की तृप्ति के लिए मजबूर नहीं कर रहे हैं? क्या धर्मधुरंधर, सदाचार का ढिंढोरा पीटने वाले राजा-महाराजाओं, बादशाहो, रनिवास और हरम उस पशु-जीवन के सबसे बड़े अड्डे नहीं हैं? ''सदाचार'' की ढोल पीटने वालों का अपने उस सदाचार की जिसकी भीतरी गन्दगी उस गहरे रोमांचकारी सण्डास-सी है, जिसका मुँह भर एक पतली सफेद चादर से ढंक दिया गया हो डींग मारना निर्लज्जता की पराकाष्ठा है। उनके इस ढोंग को इन्कार करने से नकटे पंथ में शामिल लोग, या खरीदे दास ही हिचकिचायेंगे। साम्यवादी जरूर चाहते हैं कि स्त्री-पुरुष, क्या सारी दुनिया एक-दूसरे को धोखा न दे, वंचना और प्रतिज्ञा भंग न करे। किन्तु वह यह भी जानते हैं कि प्रेम एक पक्ष को पंगु बनाकर या रुपयों से खरीदकर, या किसी एक पक्ष की इच्छा विरुद्ध समाज या व्यक्ति का भय दिखला कर, नहीं कायम किया जा सकता। वास्तविक प्रेम का स्थान साम्यवाद ही में है, क्योंकि वहाँ प्रलोभन और बलात्कार की गुजांइश नहीं है?

इस प्रकार स्त्रियों की स्वतन्त्रता साम्यवाद ही में सम्भव है, क्योंकि वह उन्हें सभी स्वतंत्रताओं की जननी, आर्थिक स्वतन्त्रता प्रदान करता है। वह इस स्वतंत्रता के बाधक धर्म, ईश्वर, समाज किसी के डर की पर्वाह नहीं करता। वह विवाह को स्त्रियों के लिए जीवन निर्वाह का पेशा नहीं बनने देता। वह समझता है कि स्त्रियाँ पुरुषों से कम योग्यता नहीं रखतीं। वह ''सच्ची माता'', ''स्त्रियों का पवित्र कर्तव्य'', ''पतिव्रत धर्म'' स्त्रियों के लिए इन अत्यन्त घातक शब्दों के फेर में नहीं पड़ता।

साम्यवाद और मुसोलिनी तथा हिटलर के ढंग

यन्त्रों के कारण उपस्थित हुई मनुष्य की वर्तमान समस्याओं पर हम पहिले विचार कर चुके हैं और यह बतला चुके हैं कि उनका हल साम्यवाद है। पूँजीवाद अब तक साम्यवाद को एक काल्पनिक स्वप्न समझता था, इसलिए उसे वह हँसी की बात समझता रहा और उसने उसकी ओर गम्भीरता से ध्यान नहीं दिया। किन्तु जब उसने संसार की अतिसम्पन्न षष्ठांश भूमि पर साम्यवाद का प्रभुत्व जमते देखा, तो उसका रुख बदल गया और आत्मरक्षा के लिए उसने नये रूप धारण किये। इटली में मुसोलिनी का फैसिज्म और जर्मनी में हिटलर का नात्सीज्म यह उसी पुराने पूँजीवाद के नये रूप हैं। और समय बीतने के साथ यह स्पष्ट होता जा रहा है कि सभी देशों में साम्यवाद के रोकने के लिए पूँजीवाद को इसी प्रकार कुछ अवश्य करना होगा। बात यह है कि पिछले शताब्दी में पूँजीवाद का नाम इतना बदनाम हो चुका है कि पूँजीवाद भी इस नाम के व्यवहार में हिचकिचाते हैं। इसीलिए मुसोलिनी कहता है– "फैसिज्म पूँजीवाद का दास नहीं।" हिटलर ने तो अपने दल का नाम ही नात्सी या राष्ट्रीय समाजवादी रक्खा है। इसलिये इन वादों के पक्षपाती आग्रहपूर्वक कहते हैं– "हमारे वाद को आप पूँजीवाद नहीं कह सकते। वर्तमान कठिनाइयों के हल करने का दावा जैसे साम्यवाद करता है, वैसे ही हम भी एक हल पेश कर रहे हैं।"

अच्छा तो आइए हम देखें, यन्त्र और पूँजीवाद से उत्पन्न हमारी कठिनाइयों को ये कहाँ तक हल करते हैं? हम उन कठिनाइयों को दो भागों में बाँटते हैं, एक तो देश की भीतर बेकारी–जनवृद्धि की समस्या और दूसरी संसार के सिर पर हर वक्त लटकती भीषण युद्ध की तलवार। फैसिज्म और नात्सीज्म दोनों ही युद्ध के परम भक्त हैं। वह इसे मनुष्य जाति की भलाई के लिए अत्यन्त आवश्यक और पवित्र साधन मानते हैं।

मुसोलिनी का फैसिज्म राष्ट्रीयवादी है। उसके लिए इतालियन जाति और उसका स्वार्थ सर्वोपरि है। किसी समय मुसोलिनी जर्मनी के नात्सीज्म का भारी प्रोत्साहक था और नात्सीज्म को फैसिज्म का ही जर्मन संस्करण माना जाता था; किन्तु जब नात्सीज्म जर्मनी में अधिकारारूढ़ हुआ और एक जाति एक भाषा के नाते आस्ट्रिया को हड़पना चाहा, तो मुसोलिनी के कान खड़े हो गए और इतालियन पत्र नात्सीज्म के विरुद्ध लगे जहर उगलने। जब आस्ट्रिया के चान्सलर डोल्पस् की नात्सियों ने हत्या कर डाली, तब तो मुसोलिनी का विरोध और स्पष्ट हो गया। यह अनिवार्य भी था, क्योंकि फैसिज्म और नात्सीज्म राष्ट्रीयता को सर्वोपरि ही नहीं मानते, बल्कि दूसरी जातियों के नाश या दासता द्वारा जैसे हो तैसे अपने राष्ट्र के विस्तार और प्रभुत्व को स्थापित करना चाहते हैं। फैसिज्म के सामने इटली की जनसंख्या को खूब तेजी से बढ़ाना एक काली जातियों के ही नहीं, हो सके तो पास-पड़ोस की युगोस्लाव जैसी जातियों के अस्तित्व को मिटा कर भी अपने राष्ट्र को फैलाना प्रधान लक्ष्य भी था। उनकी इच्छा तभी पूर्ण हो सकती थी जब दुनिया की सारी जातियाँ इतालियन जाति के लिए इस भूमण्डल को खाली कर दें और यह स्पष्ट ही है कि युद्ध को अमर बना रखने का यह सर्वोत्तम उपाय है। केवल युद्ध अब पहिले जैसी शौक की चीज नहीं है, अब तो साइंस ने उसे इतना भयंकर बना दिया है कि उससे सारी जाति उच्छिन्न हो सकती है।

वैदेशिक नीति तथा विश्व में अशांति के संबंध में नात्सीज्म का रुख तो फैसिज्म से भी अधिक स्पष्ट है। हिटलर ने अपनी पुस्तक "मेरा युद्ध" में लिखा है–

"सच बात तो यह है कि शांति का आदर्श उसी दिन सबसे उत्तम रीति से कार्य रूप में आ सकता है जब मनुष्य संसार में इस हद तक विजय प्राप्त कर ले कि वह उसका एकमात्र स्वामी हो जाय" – (पृष्ठ ३१५)

"राष्ट्र का आन्तरिक उद्देश्य यह होना चाहिये कि वह चमकदार, तेज तलवार ढाल सके और इस बात का पूरा प्रबन्ध करे कि ये तलवार खूब और अच्छी तरह से ढाली जाएँ।"–(पृष्ठ ६८९)

"जो सन्धि या मित्रता युद्ध के ख़याल में नहीं की जाती, वह व्यर्थ बेकार हैं।"– (पृष्ठ ७४९)

नात्सीज्म राष्ट्रीयता में एक कदम और भी आगे बढ़ा हुआ है। वहाँ तो इसके लिए शुद्ध आर्य–जिसके लिए माँ-बाप की कई पीढ़ियों तक अन्य जाति का रक्त-सम्मिश्रण न होना भी जरूरी है–होना अनिवार्य है। उसकी परिभाषा से जर्मनी छोड़ संसार में कहीं भी यूरोप के देशों में भी शुद्ध आर्य नहीं हैं। वह दूसरी जातियों से विवाह आदि सम्बन्ध ही विच्छिन्न नहीं करना चाहता, बल्कि उसने शताब्दियों से देश में बसे हुए जर्मन यहूदियों का–जिनकी कि वेश भूषा सभी जर्मन है–भी देश निकाले की व्यवस्था करके, अपने उक्त भाव का परिचय दिया है। फैसिज्म भी जर्मन जाति की जनसंख्या बढ़ाना अपना कर्तव्य समझता है। उसने विवाह करने वालों को सरकारी खजाने से सैकड़ों रुपयों के इनाम का प्रलोभन दे रखा है। यह दोनों ही वाद और कुछ भी हो सकते हैं, किन्तु जहाँ तक विश्व शांति का सम्बन्ध है, ये उसके सबसे भारी शत्रु हैं।

अपने-अपने राष्ट्र के भीतर इन दोनों वादों का क्या रूप है, अब जरा इस पर नजर कीजिये। ये दोनों ही वाद शोषक और शोषित, लुटेरे और लुटने वाले अर्थात् पूँजीपति और श्रमजीवी इन दोनों वर्गों को कायम रखना चाहते हैं। मुसोलिनी और हिटलर को सफल बनाने के लिए, साम्यवाद के हौवे से भयभीत पूँजीपतियों ने ही तो अपनी थैलियाँ खोली थीं। पूँजीपतियों के धन से पोषित, श्रमजीवियों की स्वतन्त्र संस्थाओं की चिता की राख पर स्थापित फैसिज्म पूँजीवाद छोड़ और दूसरा क्या हो सकता है?

हम पहले कह चुके हैं कि पूँजीवाद में व्यक्तिगत नफ़ा के लिये यन्त्रों का उपयोग होता है और राष्ट्र की अवश्यकताओं के लिये साम्यवाद में उनका उपयोग होता है। नात्सीज्म शोषक और शोषित वर्ग के भेद को मिटाना क्या, वह तो उसे और दृढ़ करना चाहता है। साम्यवाद की ओर अधिक बढावा देखकर ही तो १९३४ में हिटलर ने अपने दो सौ सहायकों का कत्लेआम किया। नात्सीज्म ने स्त्रियों के लिए विवाह को पेशा मान कर उनको आर्थिक स्वतन्त्रता और स्वतन्त्र जीविकोपार्जन को जबर्दस्ती छीन कर बेकारी के सवाल को हल करना चाहा है। उसने उद्धोषित किया है–स्त्रियों का स्थान कारखानों और कार्यालयों में नहीं है, उनका स्थान घर में है, गृहिणी और माता के तौर पर। कितनी ही कठिनाइयों, जद्दोजहद के साथ पिछली एक शताब्दी में स्त्रियों ने जो स्वत्व प्राप्त किये, उन्हें उसने अपनी विजय के मद में एक कलम से छीन लेना चाहा है।

हर प्रगति-विरोधी दल के लिए धर्म और ईश्वर की दुहाई बड़ी लाभदायक चीज है, वही बात हम इन दोनों वादों के बारे में भी पाते हैं। हिटलर के शासन में तो विद्यार्थी यह प्रार्थना करने पर मजबूर किये जाते हैं–

'महे सर्वशक्तिमान् परमेश्वर ! हमारे शस्त्रों को विजय प्रदान कर। न्याय कर, जैसा कि तू हमेशा से करता आया है। हम लोगों को आशीर्वाद दे और हमें बता कि क्या हम स्वतन्त्रता के अधिकारी हैं। हे ईश्वर ! हमारे शस्त्रों को विजय प्रदान कर।''

पोप के हुकुमनामों की तरह हिटलर ने भी हुक्म निकाल कर कार्ल मार्क्स ही नहीं, डार्विन के विकासवाद को भी विश्वविद्यालय में पढ़ना वर्जित कर दिया है।

इस प्रकार फैसिज्म और नात्सीज्म दोनों ही हैं देश के भीतर प्रगति विरोधी, पीछे खींचने वाले, स्त्रियों, श्रमजीवियों और पिछड़ी जातियों की स्वतन्त्रता के कट्टर शत्रु और देश के बाहर युद्ध की अग्नि को सदा उत्तेजित करने वाले। वहाँ यन्त्रों के प्रयोग में नफ़े का सवाल और शोषक वर्ग के ज्यों का त्यों रहने से बेकारी की समस्या इन से नहीं हल हो सकती।

आज इस दूसरे विश्वयुद्ध के चार सालों के तजुर्बे ने फैसिज्म और नात्सीज्म के काले कारनामों को खूब दिखला दिया है। इंग्लैण्ड के स्वार्थान्ध पूँजीपतियों ने पहले इन्हें प्रोत्साहन दिया जिसमें वे साम्यवादी रूस से लड़ पड़े, मगर वे पहले इन्हीं के ऊपर पड़े और २० साल की सारी योजना और कुचक्र को भूलकर अन्त में पूँजीवादी देशों में से सबसे शक्तिशाली इंग्लैण्ड और अमेरिका को अपनी जान बचाने के लिये रूस के सोवियत संघ के साथ होना पड़ा। इटली का फासिस्त लकड़बग्घा खतम हो चुका है, हिटलर के पतन में भी वर्षों नहीं, मासों की देर है।

साम्यवाद और व्यक्तिगत स्वतन्त्रता

साम्यवाद क्या चाहता है–(१) 'शोषक और शोषित के भेद को मिटाकर उपज के साधन (मशीन, भूमि, कच्चा माल) तथा उत्पादित वस्तुओं का स्वामी व्यक्ति को नहीं समाज को बनाना', (२) 'सभी व्यक्तियों से योग्यतानुसार काम करवाना', (३) 'जीवन के लिए जरूरी चीजों, यन्त्रों के उपयोग से मिलने वाले अवकाश और मानसिक विकास के अवसर को अपेक्षानुसार सभी को समान रूप से बाँटना।'

(१) और (२) को देखकर कितने ही लोग कह उठते हैं–

(क) आह! तब तो साम्यवाद व्यक्तिगत स्वतन्त्रता का महान् शत्रु है। उसके लिए व्यक्ति यन्त्र के पुर्जे से बढ़कर नहीं है, फलतः वह समाज के हाथ की कठपुतली-मात्र है।

(ख) मानसिक विकास की योग्यता सबमें समान नहीं है। इस प्रकार एक लाठी से हाँकने से तो विशेष प्रतिमाओं की हत्या होगी और मनुष्य-समाज उनकी सेवाओं से वंचित रह जायेगा।

(ग) (३) से भी तो छोटे-बड़े सभी श्रम का पारितोषिक समान "सभी धान बाईस पंसेरी", "अंधेर नगरी चौपट राजा। टके सेर भाजी टके सेर खाजा।" होने पर कोई क्यों अधिक मूल्यवान् श्रम और योग्यता के लिए कोशिश करेगा? जंगल में सभी दरख्त एक से नहीं होते–कोई देवदार की भाँति सौ-सौ फीट के, कोई भोजपत्र की तरह छोटे-छोटे और कोई तो घासों की तरह बहुत ही छोटे होते हैं। यदि प्रकृति सबको एक समान खाद्य दे, एक समान हवा-पानी-धूप दे, तो क्या देवदार उतने बढ़ सकते हैं। फिर तो गमले में रखे चीनी देवदार की भाँति उन्हें दो-तीन फीट तक में अपनी वृद्धि रोक देनी होगी। साम्यवाद का सिद्धान्त भी जरूर प्रतिभा और योग्यता के लिए ऐसा ही घातक होता।

(घ) यह सम्भव नहीं है कि मनुष्य अचेतन वस्तुओं की भाँति एक तंग दायरे में बँधा रहे। चेतना का मतलब ही है, स्वतन्त्र विचार और कार्य का मार्ग ग्रहण करना। इसी स्वतन्त्रता से तो मनुष्य कोमल कला, सुन्दर साहित्य और विशाल विज्ञान के निर्माण में सफल हुआ।

(ङ) साम्यवादियों को मानव प्रकृति का ज्ञान रत्ती भर भी नहीं है, नहीं तो ये ऐसा हवाई किला बाँधने का कभी प्रयत्न न करते। मनुष्यों में किन्हीं किन्हीं को अगुवा बनने, हुकुम चलाने की नैसर्गिक योग्यता होती है और दूसरे बहुसंख्यक वैसी योग्यता में शून्य सिर्फ अनुगामी बनने, हुकुम बजा लाने की योग्यता रखते हैं। साम्यवाद कोई ऐसा छू-मन्तर नहीं है जो मनुष्य की नैसर्गिक प्रवृत्ति को बदल दे।

(च) व्यक्तियों की भाँति भूमण्डल की जातियाँ भी नाना जलवायु नाना मानसिक-शारीरिक विकासों के कारण समान योग्यता नहीं रखतीं; उनमें कितनी ही शासित होने ही लायक हैं और शासक बनने की योग्यता हर्गिज नहीं रखतीं। बाघ और बकरी को एक-सा बनाना क्या पागलपन नहीं है?

(छ) पूँजीपति शोषक नहीं हैं, बल्कि चीजों के उत्पादन में वह भी वैसे ही श्रम करते हैं, जैसे कि श्रमिक। यदि श्रमिक हाथ से काम करते हैं, तो पूँजीपति संगठन, निगरानी और एकत्रीकरण वितरण द्वारा वैसे ही महत्त्वपूर्ण काम को करते हैं।

(ज) संस्कृति और कला के संरक्षण एवं विज्ञान के प्रचार में क्या पूँजीपतियों और राजा-महाराजाओं का ही प्रधान हाथ नहीं रहा है? फिर उस वर्ग का अस्तित्व मिटाना क्या समाज के लिये हानिकारक नहीं सिद्ध होगा?

इनके उत्तर में साम्यवादी कहेगा–

(क) साम्यवाद पूँजीवाद की अपेक्षा कहीं अधिक व्यक्तिगत स्वतन्त्रता देता है, यह बतलाने के पहले हमें देखना है कि पूँजीवादी जिस व्यक्तिगत स्वतन्त्रता का ढोल पीटते हैं, उसका रूप क्या है और वह समाज में कितनों को नसीब है? हम पिछले अध्याय में बतला आए हैं कि सारी स्वतन्त्रताओं की जननी है आर्थिक स्वतन्त्रता। वह आर्थिक स्वतन्त्रता कितनों को प्राप्त है? सिर्फ उन्हीं को न जिनके पास धन है, अर्थात् जो पूँजीपति हैं? वह हजारों मजदूरों को खरीद सकता है, हाँ दास की तरह नहीं, बल्कि उससे भी बुरी तरह से। दास के लिए हर हालत में मालिक खाना-कपड़ा देने के लिए मजबूर था, क्योंकि वैसा न करने से उसे उसमें लगी पूँजी के डूब जाने का डर था।

किन्तु मजदूर के लिए? जब तक वह स्वस्थ है, काम कर सकता है; जब तक उससे काम लेने में नोफ़ा है, तब तक उसके श्रम की आधी-तिहाई मजदूरी देकर उससे काम लेना है। यदि बाजार मन्दा हो और मजदूरी घाटे का सौदा है, तो बस कारखाने के दर्वाजे में ताला, अब हजारों मजदूर–जिनसे उनका घरबार छुड़ाया गया, जिनसे उनके हाथ का हुनर छीन लिया गया बला से भूखों मरें। यदि मजदूर बीमार पड़ गया या बूढ़ा हो गया तो भी स्वस्थ अवस्था के एक-एक बूँद खून को चूस लेने वाला मालिक उस मजदूर को बेरंग जवाब दे देने के लिए बिलकुल स्वतंत्र है। हजारों मजदूर और उनका परिवार, यह कैसी व्यक्तिगत स्वतंत्रता का स्वर्गीय आनन्द लूट रहा है! शायद आप उन्हें इसलिए स्वतंत्र कहते हैं, क्योंकि आँख बचाकर वह आत्महत्या तो कर ही सकते है! मजदूरों को छोड़ और भी कितने ही व्यक्ति ढूँढ़ने पर ऐसी व्यक्तिगत स्वतंत्रता का उपयोग करते पाये जायेंगे।

क्या आप बतला सकते हैं, संसार में कौन-से साधन या व्यक्ति पूँजीपतियों के खरीदे नहीं हैं? क्या समाचार-पत्र जनता के सामने स्वतंत्र विचार रखते हैं? क्या इंग्लैंड तथा दूसरे मुल्कों के करोड़पति पत्र-मालिक पत्रकार-कला को अपने हाथ की कठपुतली नहीं बनाये हुए हैं? पत्रों को किसी पहले समय चाहे कुछ थोड़ी-बहुत स्वतंत्रता हो, किन्तु आजकल तो वह पूँजीपतियों के गुलाम हैं। भारत में भी जिन पत्रों ने स्वतन्त्रता और क्रान्तिकारी विचारों का वकील बन अपनी नींव मजबूत की, उन्हें भी सफलता प्राप्त होते ही पैंतरा बदलते देर न हुई। और वह समय दूर नहीं, जब यहाँ के पत्र भी दूसरे देशों की भाँति पूँजीपतियों के हाथ में जा, उन्हीं की भलाई की बात कहना अपना कर्तव्य समझेंगे। हमारे यहाँ अभी तक यदि पूँजीपतियों का बहुत कम ध्यान गया, तो उसका कारण था–लाभ की कम संभावना और पूँजी के डूबने का डर। जिन समाचार पत्रों की अधिकतर आमदनी पूँजीपतियों के विज्ञापनों से होती हैं, वे कहाँ तक अपनी स्वतन्त्रता कायम रख सकते हैं? अब भारतीय पूँजीपति समाचार-पत्रों और प्रेस पर अधिकार जमाने में काफी दूर तक अग्रसर हो चुके हैं।

क्या लेखकों और कवियों को पूँजीपतियों ने नहीं खरीद रखा है? दुनिया में ऐसों की संख्या बहुत कम है जिन्होंने अपनी कलम और प्रतिभा को न बेच खाया हो। जो कुछ इने-गिने स्वतन्त्र कलम के धनी संसार में पाये जाते हैं, वे उन सैकड़ों व्यक्तियों

के जीवन भर की स्वतन्त्रता के संग्राम के अवशेष मात्र हैं जो असफल रह, गुमनाम ही संसार से चल बसे।

और राजनीतिज्ञ? राजनीति तो और भी पूँजीपतियों की दासी है। संसार के राजनीतिज्ञों की ओर नजर दौड़ाइए, आपको यह स्पष्ट मालूम हो जायेगा। सभी देशों के मन्त्रिमण्डलों में कारखाने वालों, बैंकों, प्रेस के मालिकों की ही तो भरमार है। राजनीति तो शक्ति का स्रोत है, इसलिए उसे पूरी तौर पर हथियाना पूँजीपति लोग अत्यन्त आवश्यक कर्तव्य समझते हैं। पूँजीवादी देशों की पार्लियामेंटों के चुनाव तो सिर्फ रुपयों के ही भरोसे लड़े जाते हैं। जहाँ पर सम्मतिदाताओं को रुपयों के रूप में रिश्वत नहीं दी जाती और ऐसे स्थान बहुत कम है वहाँ भी जबान और प्रेस को खरीद लिया जाता है; यातायात के साधनों–मोटरों, हवाई जहाजों, रेलों पर रुपया पानी की तरह बहाया जाता है। क्या जिसके पास रुपया नहीं है, सिर्फ अपनी योग्यता, त्याग और सेवा के भरोसे चुनाव में कभी सफलता प्राप्त कर सकता है? गाँव का अपढ़-अज्ञान आदमी भी जानता है कि चाँदी के टुकड़ों की वर्षा किये बिना कोई चुनाव में सफल नहीं हो सकता। "प्रजातंत्रीय" संस्थाओं के लिए यह सम्मतिदान ही तो व्यक्तिगत स्वतन्त्रता का उदाहरण बतलाया जाता है। जब तक एक आदमी के हाथ में अपार धनराशि है और हजारों गरीब, आश्रयहीन हैं, तब तक सम्मति की खरीद-बेंच हुए बिना रह ही नहीं सकती।

क्या पण्डित, मौलवी, पादरी व्यक्तिगत स्वतन्त्रता के मालिक हैं? उनका तो अस्तित्व ही पूँजीपतियों की कृपा पर है। उनके बड़े-बड़े मन्दिर, मकान, लम्बी धोतियाँ और चोंगे सभी पूँजीपतियों की देन हैं। सबसे कम जहाँ स्वतन्त्रता की आशा हो सकती है, वह है यही धर्म के ठेकेदार और उनकी संस्थाएँ।

देशी राजाओं की प्रजा के लिये तो व्यक्तिगत स्वतन्त्रता का शब्द भी प्रयुक्त नहीं हो सकता। उनका तो जान-माल, इज्जत-पानी सभी "अन्नदाता" की मुट्ठी में है।

आप तेज मशाल लेकर संसार के कोने-कोने में ढूँढ़ आइये। आपको व्यक्तिगत स्वतन्त्रता का किसी पूँजीवादी देश में पता न मिलेगा, यह एक व्यर्थ का शब्द मालूम होगा। अथवा यदि वह कहीं सार्थक होगी, तो वह मुट्ठीभर धनिकों के लिये। वहीं इन लम्बे-चौड़े शब्दों से लोगों को बहकाना-डराना चाहते हैं और भोले-भाले आदमी

“कौआ कान ले जा रहा है”–कहने पर कान को बिना टटोले ही कौए के पीछे दौड़ने लगते हैं। उन्हें समझना चाहिए कि जब दुनिया की सबसे बड़ी शक्ति धन, सिर्फ चन्द आदमियों के हाथ की चीज है और वह उससे छोटे-बड़े सभी तरह के आदमियों को खरीद सकते हैं, तो खरीदा आदमी कभी स्वतन्त्र नहीं हो सकता है?

हाँ, तो मालूम हुआ, आपकी “व्यक्तिगत स्वतन्त्रता” धोखे की टट्टी है। साम्यवाद चूँकि धन को व्यक्ति के हाथ में नहीं रहने देता और आर्थिक दृष्टि से सबको एक तल पर ला देता है, इसलिए वह अलबत्ता व्यक्तिगत स्वतन्त्रता का भारी सहायक है।

(ख) साम्यवाद सभी प्रकार की योग्यताओं को विकसित और सफल करने का पूरा अवसर देता है। आपका बतलाया दोष तो पूँजीवाद में ही है, जिसके यहाँ दरिद्र पिता के प्रतिभाशाली बालक को ऊसर के बीज अंकुरित भी होने नहीं दिया जाता।

(ग) साम्यवाद सभी प्रकार के श्रमों को समाज के लिए एक-सा आवश्यक समझता है। योग्यता, प्रतिभा और समाज के लिए की गई बड़ी सेवाओं का मूल्य धन द्वारा नहीं करना चाहता। प्रतिभाएँ स्वयं इसे चिरकाल से तुच्छ समझती आई हैं। हाँ, वह अधिक श्रद्धा-सम्मान द्वारा उन्हें पुरस्कृत करने का विरोधी नहीं है। ऐसी प्रतिभाएँ तो अपने कार्य की सफलता और सुखमय परिणाम से ही अपने को कृतकृत्य समझती हैं। दुनिया के बड़े-बड़े वैज्ञानिकों के आविष्कारों से तो सिर्फ पूँजीपतियों को फायदा है। यह होते हुए भी विज्ञान की खोज में प्रसन्नतापूर्वक अपने प्राणों की आहुति देने वाले किस पारितोषिक की इच्छा से वैसा करते हैं? वस्तुतः प्रथम श्रेणी की प्रतिभाएँ बिना किसी पारितोषिक के लोभ के ही मनुष्य जाति की सेवा के लिए तैयार रहेंगी। द्वितीय और तृतीय श्रेणी की प्रतिभाओं को काम में सहायता और श्रद्धा-सम्मान द्वारा प्रोत्साहित किया जा सकता है।

(घ) साम्यवाद मनुष्यों को अचेतन वस्तुओं की भाँति तंग दायरे में बंद नहीं रखना चाहता, बल्कि पूँजीवाद के जेलखाने में जन्म से मरण तक बंद रक्खे जाने वाले असंख्य मनुष्यों की उनकी आर्थिक बेड़ी काटकर मुक्त करना चाहता है। कोल्हू के बैल की भाँति जीवन भर पेट के पीछे घूमनेवालों को भी ‘कोमल कला, सुन्दर साहित्य, विज्ञान के निर्माण के लिये’ वह हजारगुना अधिक अवसर देता है।

(ङ) यदि अगुवापन और अनुगामीपन मनुष्य में माँ के दूध से आता है, तो साम्यवादी उसके पीछे लाठी लेकर कहाँ फिरते हैं? वे तो सिर्फ यही चाहते हैं कि वह अगुवापन व्यक्ति की योग्यता और प्रतिभा के बल पर स्थापित हो। रुपये की रिश्वत देकर अगुवापन कायम करने के ही तो वह विरुद्ध है। रुपये से खरीदे अगुवापन को आप भी स्वाभाविक नहीं कहेंगे।

(च) भूमण्डल की जातियों में जन्मसिद्ध शासन और शासित में भेद करना तो वैसा ही है, जैसे कोई लुटेरा कहे–"न्यायाधीश बड़ा मूर्ख और मनुष्य के स्वभाव से बिलकुल अनभिज्ञ आदमी है। उसे मालूम होना चाहिये कि कुछ मनुष्य जन्मतः लूटने के लिये बनाये गये हैं और कुछ लुटने के लिये। बाघ-बकरी की भाँति दोनों प्रकार के व्यक्तियों को एक-जैसा बनाना बिलकुल अनुचित है।" लुटेरे की यह बात है, वैसे ही साम्राज्यवादी पूँजीपतियों का उक्त कथन भी उनकी स्वार्थपरायणता का नमूना है, सत्य का नहीं। जिन युक्तियों के आधार पर वे संसार की जातियों को इन दो भागों में बाँटते, हैं, उनके ही बल पर तो उनकी आपी जाति को भी दो हिस्सों में बाँटा जा सकता है। और दरअसल पूँजीवादियों ने उन्हें वैसा ही बाँट भी रखा है।

(छ) बड़े-बड़े कारखानों के हजारों भागीदार जो कारखाने के बारे में सिर्फ इतना ही जानते हैं कि उन्हें इस वर्ष १५ प्रति सैकड़ा मुनाफा मिला है, क्या श्रमिक कहे जायेंगे? अपनी जमींदारी तालुकेदारी से जिनको गुलछर्रे उड़ाने के लिए रुपये मिल जाने भर का सम्बन्ध है, क्या वे श्रमिक हैं? पराई कमाई, पराये परिश्रम को हड़पने वाले व्यक्ति शोषक नहीं तो क्या है? जो पूँजीपति अपने कारबार की सीधी देखभाल करते हैं, उन्हें भी अपने मजदूरों की अपेक्षा हजारगुना अधिक परिश्रमिक लेने का क्या हक है? और जब तक वह ऐसा करेंगे, तब तक वे शोषक-हड़पक हैं ही।

(ज) भूतकाल में कला, विज्ञान की संरक्षकता धनियों को हमेशा के लिये पट्टा नहीं दिला देती कि वह हमेशा लोगों को लूटा करें। यदि उन्होंने समाज की कोई वैसी भलाई–जो स्वार्थशून्य तो कभी नहीं रही, की, तो उसका कई गुना अधिक फायदा वे उठा चुके। अब इस वर्ग के न रहने पर कला और विज्ञान की प्रगति में कोई हानि नहीं होगी, क्योंकि उसके लिये साम्यवाद राष्ट्र के अपार साधन, अपरिमित अवकाश और असंख्य प्रतिभाओं को लगा देने के लिये तैयार है।

साम्यवाद स्वतन्त्रता और स्वैरिता में भेद करता है। समाज के सभी व्यक्तियों की स्वतन्त्रता का ख़याल जिसमें रखा जाये, वहीं स्वतन्त्रता है। इस प्रकार स्वतन्त्रता की भी सीमा और मर्यादा है। कर्तव्य का बंधन भी एक बंधन है सही; तब भी उसके अनुसरण को हम स्वतन्त्रता का बाधक नहीं कह सकते। यदि वह परतन्त्रता भी है, तो उसे शिरोधार्य करना ही होगा; क्योंकि उसके बिना समाज का कल्याण नहीं हो सकता। समाज का कल्याण क्या है? यही उसके सभी व्यक्तियों का समानरुपेण कल्याण। समाज कहने से वह कल्याण व्यक्तियों का बाहर का नहीं हो जाता। सब व्यक्तियों की सम्मिलित भलाई-बुराई ही समाज के नाम से कही जाती है। देश के सैकड़ों प्रकार के कानूनों को तो आप स्वतन्त्रता का बाधक नहीं समझते होंगे? साम्यवाद में तो उन कानूनों में से तीन-चौथाई की आवश्यकता ही न होगी, क्योंकि उनमें अधिकांश तो व्यक्तिगत सम्पत्ति, उसके टैक्स और रक्षा के सम्बन्ध में बने हैं। जो सिद्धान्त तीन-चौथाई कानूनों को अनावश्यक कर दे, वह अधिक व्यक्तिगत स्वतन्त्रता देता है, या वह जो कि चौगुने की आवश्यकता को अनिवार्य समझता है?

पूँजीपतियों और सत्ताधारियों की जिस स्वतन्त्रता का आप को ख़याल है, वह स्वतन्त्रता नहीं स्वैरिता है। उसकी नींव असंख्य व्यक्तियों की स्वतन्त्रता के सत्यानाश पर रखी गई है। जैसा सम्बन्ध सारी घड़ी के साथ उसके पुर्जे का है, वैसा ही सम्बन्ध व्यक्ति का समाज के साथ है। व्यक्ति के लिये स्वतन्त्रता चाहिये, किन्तु वह स्वतन्त्रता दूसरे व्यक्तियों की स्वतन्त्रता में बाधा पहुँचाने वाली न होनी चाहिये।

सब तरह देखने से मालूम होगा कि जिनकी स्वतन्त्रता बहुसंख्यक मनुष्यों की स्वतन्त्रता की बाधक है, उन्हें छोड़ कर बाकी सभी लोगों के लिये साम्यवाद बहुत अधिक स्वतन्त्रता देता है।

साम्यवाद में यंत्रों से प्राप्त अवकाश का उपयोग

वैज्ञानिक साम्यवाद जीवन की सभी सामग्रियों के पैदा करने में यंत्रों का पूरे तौर से उपयोग करने का पक्षपाती है। वह यह भी चाहता है कि यन्त्रों में दिन-पर-दिन अधिकाधिक सुधार होता जाय जिसका मतलब है कि चीजों के पैदा करने में कम-से-कम समय लगे। हो सकता है कि ऐसा समय आए जब संसार के सभी काम करने लायक मनुष्यों का एक घंटे का श्रम ही उनके जीवन की सभी उपयोगी चीजें खाना, कपड़ा, मकान, बाग, सड़क, विद्यालय, नाट्य मंच आदि के लिये पर्याप्त हों। वैसी दशा में आठ घण्टा सोने के लिए भी रख लेने पर, बाकी पन्द्रह घण्टों में आदमी क्या करेगा? क्या काम न होने पर बेकार आदमी तरह-तरह के झगड़े-फसाद में नहीं लग जायेगा? क्या उससे भविष्य की शांति और सुख का सपना झूठा न हो जायेगा?

हमें ऐसे प्रश्न उठाने वालों पर आश्चर्य होता है। जो लोग खुद उपदेश किया करते थे—मनुष्य का जीवन पेट पालने में लगे रहने के लिए नहीं है, वह तो पशु भी कर लेते हैं। जिनके स्वर्ग की कल्पना ही है कि वहाँ आदमी को सब माँग सुलभ है, और काम बिलकुल नहीं करना पड़ता, वही लोग अब इस प्रकार की दलीलें उठाते हैं। संभव है, उनका यह ख़याल हो कि साम्यवादी तो धार्मिक पूजा-पाठ को भी नहीं मानते, फिर उनके पास बेकारों के समय को काटने का क्या उपाय हो सकता है? नहीं जनाब! धार्मिक पूजा-पाठ को न मानते हुए भी साम्यवादी बहुत से काम बता सकते हैं। ये मनुष्य के करने लायक कामों को दो हिस्सों में बाँटते हैं—एक वह जो सबके लिए अनिवार्य हैं, और दूसरे वह जिनके करने में व्यक्ति की स्वतन्त्रता है। व्यक्ति और समाज के जीवन-धारण के लिए जो चीजें अत्यन्त आवश्यक हैं, उनके पैदा करने का काम

मानसिक और शारीरिक योग्यता के अनुसार हर एक आदमी को करना अनिवार्य है। यन्त्रों के उपयोग के द्वारा काम के समय को घटाकर एक घन्टा कर देने का मतलब है, अनिवार्य कार्य के लिए सिर्फ एक घण्टे का रह जाना। व्यक्तिगत स्वतन्त्रता के प्रेमियों को तो इससे खुश होना चाहिए, बाकी पन्द्रह घण्टों के काम के लिए आपको चिंतित न होना चाहिए, उस समय अपनी-अपनी रुचि के अनुसार मनुष्य साहित्य, संगीत और कला का निर्माण कर सकता है, या उसका रसास्वादन कर सकता है; स्वास्थ्य और साहस के खेल और यात्राएँ कर सकता है। आकाश, भूमि और समुद्र की यात्राएँ क्या मनुष्य के लिए मनोरंजक और ज्ञानवर्धक न होंगी? मनुष्य, पशु, पक्षी, तथा छोटे-बड़े जन्तुओं के मनोविज्ञान का अनुसन्धान या अध्ययन कर सकता है; दर्शन और विज्ञान सम्बन्धी खोजों में लग सकता है। चिकित्सा-सम्बन्धी न हल हुई कितनी ही समस्याओं को हल कर सकता है। यात्राएँ, क्रीड़ा और नाट्य ऐसी चीजें हैं जिनमें आदमी जितना चाहे उतना समय दे सकता है। फिर क्या आप विश्वास दिलाते हैं कि उस समय प्राकृतिक उपद्रव, भूकम्प, अवर्षण, अतिवर्षण आदि न होंगे? उनके होने पर पुनर्निर्माण के लिए आदमी को सारी शक्ति के साथ बराबर तैयार रहना होगा। सूचना पाते ही एक जगह के आदमियों को दूसरी जगह सहायता के लिए दौड़ना होगा, क्योंकि उस समय वस्तुतः सारा मानव समाज ही एक परिवार हो गया रहेगा।

जरा ख़याल तो कीजिए, आजकल जब आजकल अधिकांश मनुष्य हर वक्त काम की चक्की में पिसे रहकर कला और साहित्य के सृजन या अवलोकन के आनन्द के लिए समय नहीं निकाल सकते और जिन थोड़े लोगों को वैसा अवसर भी मिलता है, वे भी धनी लोगों को सन्तुष्ट करने के लिए उसका ऐसी चीजों के निर्माण में उपयोग करते हैं जिनसे दूसरे मनुष्यों के शरीर और मन विकृत होते हैं; अवकाश और प्रतिभा के उपयोग का द्वार मनुष्य-मात्र के लिए खुल जाने पर उस समय मनुष्य पृथ्वी के कोने-कोने को सुन्दर बना देगा। जो कला का आनन्द आजकल इने-गिने लोगों के भाग्य की चीज हैं, वह उस समय सार्वजनिक हो जायेगा। मनुष्य की विद्या और संस्कृति का तल उस समय आज से बहुत ऊँचा हो जायेगा। आजकल मनुष्य का कितना समय बेकार जा रहा है? प्रतिभाएँ सोई पड़ी रहती हैं। इन सारे बेकार जाने वाले श्रम, समय और प्रतिभाओं का जब मनुष्य स्वतन्त्रतापूर्वक अच्छी तरह उपयोग करेगा, तो संसार उस झूठे स्वर्ग से कहीं

अधिक सुन्दर, सुखमय और तृप्तिकर होगा जिसकी कल्पना को सामने रखकर धर्म के पुरोहित अपने भोले-भाले अनुयायियों को फँसाते हैं।

आप हमारे इस कथन को कल्पना के संसार में विचरना कहेंगे; किन्तु सच बताइये क्या आपका प्रश्न भी वैसा ही नहीं है?

साम्यवादी झण्डे के नीचे आकर राष्ट्र की सोती हुई शक्तियाँ जागृत होकर क्या-क्या कर सकती हैं, यह आपको संसार के साम्यवादी देश की ओर एक दृष्टि डालने से मालूम हो जायेगा। अब भी उसके भीतरी विरोध नष्ट हो गये हैं, और बाहर तो उसके विरुद्ध जबर्दस्त षडयन्त्रों का बाजार गर्म है। परन्तु इतना होने पर भी यही नहीं है कि किसी समय उद्योग-धन्धे में वह अत्यन्त पिछड़ा देश आज मिट्टी के तेल और लोहे के उत्पादन में ही सर्वप्रथम है; बिजली के उत्पादन में भी शीघ्र ही वह वैसा ही होने वाला है, बल्कि विज्ञान की खोजों में भी उसने बहुत तरक्की की है। उसे मनोविज्ञान की खोज में पावलोव की खोजों का श्रेय प्राप्त है। पावलोव बर्ट्रेल्ड रसल के मत से संसार के सात प्रतिभास्तम्भों में से एक हैं। चिकित्सा विज्ञान में हृदय की गति के बन्द होने से मरे हुए लोगों को पुनर्जीवित करने का आविष्कार भी वहाँ हो चुका है। दूसरे विज्ञानों के क्षेत्रों में भी वह देश आगे बढ़ता जा रहा है। साहित्य और नाट्यकला में तो आज संसार में उसका प्राधान्य है। जिस प्रकार वहाँ हर एक बच्चे की शिक्षा अनिवार्य ही नहीं है, बल्कि मानसिक झुकाव देखकर शिक्षा देने का उत्तम प्रबन्ध है और जैसे प्रतिभाओं के लिए देश के कोने-कोने से खोजकर विशेष शिक्षा का प्रबन्ध किया जा रहा है, उससे यही आशा रखनी चाहिए कि कुछ ही समय में विज्ञान और उसके आविष्कारों की सहायता में साम्यवादी देश बहुत आगे बढ़ जायेगा।

इस प्रकार यन्त्रों में अत्यधिक उपयोग से प्राप्त होने वाला अवकाश कोई ऐसी समस्या नहीं है जिससे भयभीत हो हम अपने ध्येय को छोड़ बैठें। इतनी बात हमने उठने वाली काल्पनिक शंकाओं के समाधान के लिए कही। साम्यवाद परिस्थिति के मुताबिक बुद्धि के स्वतन्त्रतापूर्वक उपयोग का अब भी पक्षपाती है और आगे भी रहेगा। लाखों वर्षों बाद आने वाली समस्याओं का क्या रूप होगा, यह तो हमें मालूम नहीं है; इसलिए अभी से उन पर माथापच्ची करने की हमें क्या जरूरत? हाँ, बुद्धि-स्वातन्त्र्य के जिस संसार की वह इस वक्त नींव डाल रहा है, उसके बल पर अपने विशाल ज्ञान और चिरकाल के तजर्बों के भरोसे उस वक्त के लोग अपने आप उनके हल सोच लेंगे।

साम्यवाद का भविष्य और उसके शत्रु-मित्र

हम मनुष्य जाति की विकट समस्याओं पर काफी लिख चुके और यह भी दिखला चुके कि उनसे बचाने का एक मात्र उपाय साम्यवाद है। सवाल होता है–क्या साम्यवाद संसार में अवश्य ही होकर रहेगा? यह ऐसा प्रश्न है जिसका उत्तर एकदम हाँ या नहीं में नहीं दिया जा सकता– (१) संसार के इतने भारी जन-समुदाय का बेकार हो भूखे मरना, (२) हर दसवें, बारहवें वर्ष बाजार का मन्दा पड़ जाना और उसके कारण एक ओर लोगों का भूखे मरना और दूसरी ओर लाखों मन खाद्य और दूसरे पदार्थों में आग लगाया जाना, (३) संसार के ऊपर सदा भयंकर आधुनिक प्रकार के युद्धों की नंगी तलवार का लटकते रहना, (४) पैतृक रोगों और मानसिक दुर्बलताओं को हटाकर बेहतर मानव-सन्तान पैदा करने के रास्ते में पग-पग पर बाधाओं का होना, (५) धनी-गरीब सबको ही भविष्य की अनिश्चित अवस्था से चिन्तित रहना–यह और दूसरी भी ऐसी कितनी बातें हैं जिनको साम्यवाद ही हल कर सकता है। शताब्दियों से सुरक्षित, अपने स्वार्थों की रक्षा के लिए यद्यपि बलवान शक्तियाँ भी इसका विरोध कर रही हैं, तो भी उपर्युक्त समस्याएँ मनगढ़न्त नहीं हैं। उनकी तीव्र वेदनाएँ हर एक पुरुष को समय-समय पर बिच्छू के डंक की भाँति चुभती रही है। इसलिए मनुष्य को साम्यवाद का स्मरण बार-बार आना अनिवार्य ठहरा और इसी से मालूम होता है कि साम्यवाद संसार में फैलकर रहेगा।

तो भी पूँजीपतियों के पास धन की अपार शक्ति है, विद्या-बुद्धि है, धर्म और ईश्वर का जाल है। वे चुपचाप अपने स्वार्थों से दस्त-बरदार न होंगे। इसका प्राणपण से विरोध करेंगे बुद्धि से भी, शस्त्र से भी। परन्तु उनका मतलब तभी पूरा हो सकता

है यदि वह (१) कुछ देशों को हमेशा के लिए गुलाम बना सकें और इस प्रकार एक स्थायी बाजार उनके हाथ में हो, (२) यदि परतन्त्र देशों के लिए पूँजीपति देशों में ऐसा समझौता हो जाय कि वे उनके लिए परस्पर युद्ध न करें जिससे कि परतन्त्र देश को कभी स्वतन्त्र होने का मौका न मिले; और न उन्हें ही वैज्ञानिक युद्ध के कारण अपना सर्वनाश कर लेना पड़े; (३) यदि जनवृद्धि और यन्त्र के कारण बेकार होने वाले लोगों को वे युद्ध या कत्लेआम द्वारा नष्ट कर सकें; (४) यदि मनुष्य की ज्ञान-पिपासा और मनन-अन्वेषण की प्रवृत्ति भूत की बात हो और स्वार्थी प्रभुओं के शासन के अन्त करने वाले वैज्ञानिक और विचारक फिर न उत्पन्न हो सकें, (५) यदि मनुष्य जाति में आदर्श के लिये प्राणों की बाजी लगानेवाले सत्पुरुषों का पैदा होना हमेशा के लिए बन्द हो जाय; तो हम कह सकते हैं कि साम्यवाद संसार में नहीं फैल सकेगा?

हमने पक्ष और विपक्ष दोनों तरह के कारणों को रख दिया। उनके देखने से मालूम होगा कि साम्यवाद के विरोधी कारण, पक्षवालों से कहीं अधिक असम्भव है और इसलिए साम्यवाद जल्दी या देर से सफल होगा। पूँजीवादियों का सिद्धान्त आदर्शवाद नहीं, स्वार्थ का वाद है; इसलिये वह यह प्रयत्न तो करेंगे कि साम्यवाद कभी आए ही नहीं; किन्तु वे इस पर भी सन्तोष करेंगे, यदि वह उनकी जिन्दगी भर के लिये टल जाए। दुनिया के उथल-पुथल में वे देखते हैं कि कितने ही धनियों के पुत्रों को मजदूरी करनी पड़ती है, तो भी वे अपनी सन्तानों की परवाह नहीं करते। उनके लिये अपनी जिन्दगी का सुख से कट जाना प्रथम ध्येय है। किन्तु साम्यवादी अपने सामने एक आदर्श रखते हैं और ऐसा आदर्श जिससे वे समझते हैं कि सिर्फ एक देश को ही नहीं, सारी मनुष्य जाति को चिरस्थायी शान्ति प्राप्त होगी। इसलिए यद्यपि देर होने पर भी वे अपने काम को छोड़ नहीं सकते, तो भी उस देर का होना न होना अधिकतर उनके ही उद्योग या सुस्ती पर निर्भर है। बिना प्रयत्न, बिना स्वार्थ-त्याग, बिना एकता के साम्यवाद अपने आप संसार में फैल जायेगा, ऐसी आशा रखना साम्यवाद के कर्मण्यतापूर्ण सिद्धान्त के बिलकुल विरुद्ध है।

साम्यवाद की सफलता चाहने वालों को यह भी जानना चाहिए कि साम्यवाद के कौन शत्रु और कौन सहायक हैं। औरों की भाँति साम्यवाद के भी दो प्रकार के शत्रु हैं; एक वे जो जान-बूझकर अपने स्वार्थ के लिए इनका विरोध करते हैं; दूसरे वे जो

भ्रमपूर्ण धारणा और अज्ञान के कारण शत्रुवत् आचरण करते हैं। पहली श्रेणी में–(१) पूँजीपति सर्वप्रथम हैं; (२) फिर उनके क्रीतदास, नौकर-चाकरों और धर्म के पुरोहितों का नम्बर आता है; पूँजीपतियों के सहायक धर्म और ईश्वर साम्यवाद के विरोध के लिए भयंकर अस्त्र हैं; (३) बूढ़े और नए विचारों पर सोच-विचार करने की शक्ति खो चुके दिमाग भी उसी तरह के विरोधी हैं।

दूसरी श्रेणी के शत्रुओं में (१) अन्धी भक्ति और श्रद्धा-तपस्या के प्रचारकों का नम्बर पहले आता है; क्योंकि वे मनुष्य की स्वतन्त्र विचार करने की शक्ति को बेकार कर देते हैं। (२) अन्धी राष्ट्रीयता भी साम्यवाद के आन्तरिक शत्रुओं में है, क्योंकि वह संसार के सभी श्रमजीवियों की एकता में बाधा ही नहीं डालती, बल्कि उन्हें आपस में शत्रुओं और बन्धु-हत्या के लिए तैयार करती है। राष्ट्रीयता का समर्थक होते हुए भी समाजवाद अन्तर्राष्ट्रीय है। स्वदेशी समाजवाद का नारा सिर्फ दूसरों की आँखों में धूल झोंकने तथा अपनी नेतागीरी को कायम रखने के लिए है। (३) पुरानी बातों का बेसुरा राग अलापना भविष्य की दिन-पर-दिन होने वाली सार्वत्रिक प्रगति को भूत में खोजना या भूत की अपेक्षा उसे निकृष्ट समझना, बात-बात में पुरानी पुस्तकों और बातों की दुहाई देना–यह मानसिक दासता भी साम्यवाद के सूक्ष्म किन्तु बलिष्ठ शत्रुओं में है।

शत्रुओं के बारे में कह कर यहाँ साम्यवाद के असली संस्थापकों और सहायकों के विषय में भी कह देना है। साम्यवाद शब्द में इस समय बहुत आकर्षण है, इसलिए कच्चे पक्के सभी प्रकार के आदमी इस गिरोह में आना चाहते हैं। साम्यवादी आन्दोलन के पिछले सौ वर्ष के इतिहास को देखने से मालूम होगा कि उसको शत्रुओं की अपेक्षा कच्चे अनुयायियों से बहुत ज्यादा हानि पहुँची है। गत युद्ध के बाद तो ऐसे लोगों के कारण कुछ देशों में साम्यवाद की निश्चित सफलता पीढ़ियों के लिए हट गयी। इसलिए हमें साम्यवाद के कच्चे और पक्के अनुयायियों को पहिचानना चाहिए।

साम्यवाद के शब्द से आकृष्ट होकर आने वाले लोगों की कितनी ही तरुण सन्तानें भी हैं जिन्हें जवानी की निष्पक्ष विचार-शक्ति दूसरे बन्धनों के ढीला होने से उधर खींच लाती है। तो भी उस वक्त उनका निश्चय कच्चा होता है और उनमें से कितने तो (१) फैशन के लिए उधर झुकते हैं, (२) कुछ के मन में झटपट नेता बनने का लोभ भी प्रेरक होता है, (३) कुछ के लिए यह बौद्धिक व्यायाम का काम देता है और इस

प्रकार असल बात उनके मन के भीतर तक बैठने नहीं पाती। ऐसे लोग क्रियात्मक तौर से साम्यवाद में उतना योग नहीं दे सकते, क्योंकि (४) अपने धनी सम्बन्धियों और बन्धुओं का ख़याल या मुलाहिजा उनके सरगर्मी से काम करने में बाधक होता है। (५) अपनी भारी आर्थिक हानि उन्हें बराबर आगे बढ़ने से रोकती है, (६) शब्दों के पीछे झगड़ने की उनकी स्वाभाविक प्रवृत्ति होती है, क्योंकि जिन्दगी की असली कठिनाइयों का उन्हें बहुत कम अनुभव होता है, (७) स्वयं वैसा मौका न पड़ने से गरीबों के दुःख का ख़याल उन्हें कभी ही कभी और वह भी थोड़े समय के लिये आता है, (८) उनमें से बहुतों को साम्यवाद ऊपर चढ़ने के लिए सीढ़ी का काम देता है, और जैसे ही उनका मतलब पूरा हुआ कि वह उसे धता बताकर अलग हो जाते हैं।

धनिकों की तरुण सन्तानों जैसा तो नहीं, तो भी बुद्धिजीवी तरुण साम्यवाद के पक्के सहायक होने की योग्यता नहीं रखते; क्योंकि साधारण श्रेणी में पैदा होने पर भी उन्हें बड़ा बनने का पूरा अवसर रहता है और बड़ा बन जाने पर वे आसानी से अपने पुराने आदर्श और सहकर्मियों के साथ विश्वासघात या कृतघ्नता का बर्ताव करने से नहीं चूक सकते।

साम्यवाद के वास्तविक संस्थापक और समर्थक स्वयं श्रमजीवी–मजदूर और किसान ही हो सकते हैं क्योंकि (१) उनकी हीन दशा, असह्य गरीबी उनके भीतर बार-बार उस पीड़ा को जगाती रहेगी। (२) वे इस युद्ध में निर्भयतापूर्वक पड़ सकते हैं, क्योंकि उनके पास हारने के लिये कुछ है ही नहीं। जीतने पर उन्हें हमेशा की स्वतंत्रता मिलेगी और हारने पर भी तो आगे युद्ध जारी करने का हमेशा के लिए अवसर उनके हाथ से छिन नहीं जाता। (३) संख्या या कार्य के ख़याल से भी संसार के श्रमजीवी एक विशाल शक्ति हैं जिसका बोध होते ही वे पीछे हटने का नाम नहीं ले सकते। (४) धनी पूँजीपति श्रमिकों के बनाये हैं, अपनी शक्ति और समता का उपयोग कर वे उन्हें बिगाड़ सकते हैं।

ऐसा होने पर भी यह मतलब नहीं कि कच्चे अनुयायियों का बहिष्कार करना चाहिए। बुद्धिजीवियों के सम्बन्ध में उपयुक्त ख़याल मन में रखना ही उनकी हानिकारकता को हटाने के लिए काफी है। बुद्धिजीवी एक समय सच्चे भाव के साथ आते हैं और कितने ही हमेशा के लिए रह भी जाते हैं। साथ ही साम्यवाद के लिए उनकी सेवाएँ भी अनमोल हैं। तो भी समय-समय पर किए हुए विश्वासघातों

को देखते हुए साम्यवादी आन्दोलन का असली आधार बुद्धिजीवियों को न बनाना ही अच्छा है। इनका असली आधार श्रमिकवर्ग ही हो सकता है। दूसरी श्रेणी के लोगों में कितने ही समय पर निकलते और कितने ही आते रहेंगे, तथा कार्यकर्ताओं से समाज खाली नहीं होने पायेगा और इस प्रकार साम्यवाद का युद्ध तब तक जारी रहेगा जब तक कि संसार में धनी गरीब, शोषक शोषित का भेद मिट न जाएगा। जब वर्ग-भेद-रहित मानव समाज कायम हो जायेगा, उस समय वर्तमान की कठिनाइयों ही दूर न हो जाएँगी, बल्कि उसकी अनेक प्रकार की चिन्ताओं और अव्यवस्थाओं के दूर हो जाने से मानव जीवन अधिक शांतिमय, सुखमय और सन्तोषमय होगा और प्राकृतिक आपदाओं के आने पर अधिक तैयारी-मुस्तैदी, संयम और धैर्य के साथ उनका मुकाबला किया जा सकेगा। मनुष्य का मनुष्य के साथ बर्ताव भी उस समय अधिक प्रेम, सहानुभूति और समानतापूर्ण तथा दिखावट शून्य होगा।

नोट्स

9 789356 829756